Mehr Informationen über die Bücher von Evelyn Sanders
im Knaur Taschenbuch Verlag finden Sie auf Seite 191.

Über die Autorin:
Evelyn Sanders' erster Roman entstand, als sie zum Geburtstag ihres ältesten Sohnes ein Fotoalbum zusammenstellte und die Bilder »mit ein paar Zeilen« kommentierte ... Die geborene Berlinerin, gelernte Journalistin, fünffach gestählte Mutter und vielfach gekrönte Bestsellerautorin lebt in der Nähe von Heilbronn.

Evelyn Sanders

Alle Jahre wieder ... der gleiche Stress!

Mit Illustrationen von
Andrea Dölling

Knaur Taschenbuch Verlag

Besuchen Sie uns im Internet:
www.knaur.de

Vollständige Taschenbuchausgabe November 2004
Knaur Taschenbuch. Ein Unternehmen der Droemerschen Verlagsanstalt Th. Knaur Nachf. GmbH & Co. KG, München

Umschlaggestaltung: ZERO Werbeagentur, München
Umschlagabbildung: FinePic, München
Satz: Ventura Publisher im Verlag
Druck und Bindung: Clausen & Bosse, Leck
Printed in Germany
ISBN 3-426-62875-9

2 4 5 3 1

Alle Jahre wieder …
… der gleiche Stress!

Noch 117 Tage bis Weihnachten

Dass das Fest der Tannennadeln jedes Jahr früher beginnt, hat sich inzwischen herumgesprochen, nur haben sich die Initiatoren der vorweihnachtlichen Aktivitäten bis heute nicht auf ein einheitliches Datum einigen können. Das scheint allerdings auch an den geografischen Gegebenheiten zu liegen. In Seebädern zum Beispiel fängt Weihnachten viel später an als im Mittelgebirge, wo man in den Supermärkten unter den jeweiligen Saison-Angeboten selten Schwimmflügelchen und Wasserbälle findet, sondern mehr rustikales Zubehör für Wandertage, also Trinkflaschen, grob gestrickte Kniestrümpfe im Doppelpack und diese niedlichen Metallplättchen für den Knotenstock. Die daneben über Nacht entstandene Lebkuchenpyramide fällt also gar nicht auf, sie könnte im weitesten Sinne sogar als Marschverpflegung für die geplante Tagestour deklariert werden.

Anders ist es natürlich mit Zimtsternen in unmittelbarer Nachbarschaft von Gummienten und Muschelketten. Das passt einfach nicht zusammen, und deshalb fängt Weihnachten auf Sylt oder in Heringsdorf immer etwas später an als im Allgäu. Oder hier bei uns in Baden-Württemberg.

In diesem Jahr hatte es am 29. August begonnen! Ich hatte gerade einen achtstündigen Nachtflug *hinter* mir, und das mit einem moskitostichgeplagten Holländer *neben* mir, danach zwei Stunden Fahrt über die notorisch verstopfte A 6 nach Hause, nur um festzustellen, dass zur Begrüßung niemand da war. Kein Blumenstrauß, kein frisch gebrühter Kaffee – dabei hatte ER sich doch ausrechnen können, wann ich ungefähr eintreffen würde! Auf dem Tisch lagen lediglich eine schwärzlich verfärbte Neonröhre und ein Zettel: *Schön, dass du wieder da bist. Musste leider weg. Konnte gestern nicht mehr einkaufen, die Läden hatten schon zu. Die Lampe in der Küche ist kaputt. Brot ist auch alle. Tschüss bis heute Abend. R.*

Nach mehr als vierzig Jahren Ehe sollte ich mich eigentlich daran gewöhnt haben, dass Rolf nie da ist, wenn man mit ihm rechnet (aber häufig dann, wenn er absolut überflüssig ist!), und eine kurze Inspektion von Kühlschrank und Keller bestätigte es denn auch: Mein Mann hatte sich vorsichtshalber abgesetzt. Vermutlich aus Furcht vor Repressalien! Zwei Zwiebeln mit viel Grün oben dran und eine Hand voll Kartoffeln mit zentimeterlangen Keimen war alles, was ich an Essbarem im Vorratsraum fand, dazu vier leere Pizzapackungen (wieso im Keller???).

Oben im Kühlschrank sah es nicht viel besser aus: Zwei zart violett schimmernde Schinkenscheiben mit gewölbten Rändern, eine Milchpackung, die ihre beste

Zeit auch schon hinter sich hatte, und das seit fünf Tagen; nur der Käse sah noch ganz manierlich aus.

Wie war das noch mal mit Karens Methode gewesen, die Genießbarkeit überlagerter Lebensmittel festzustellen? »Wenn du nicht genau weißt, ob das Zeug noch essbar ist, dann leg es auf den Tisch und beobachte es genau«, hatte meine Nachbarin mal aus gegebenem Anlass empfohlen: »Bewegt es sich, dann hau drauf und wirf es weg!«

Der Käse hatte sich nicht bewegt; er landete trotzdem im Abfalleimer zusammen mit dem Schinken, dem Leberwurstzipfel und den zwei Eiern; die waren nämlich schon bei meiner Abreise mindestens eine Woche alt gewesen. Wie hatte Rolf eigentlich überlebt? Nur mit Pizza? Früher hatte er sich wenigstens noch mit Spiegeleiern über Wasser gehalten!

Das Telefon läutete. Steffi war dran. »Die erste Waschmaschine läuft schon! Und wie sieht's bei dir aus?«

»Die Koffer liegen noch im Auto, dein Vater ist mit unbekanntem Ziel verschwunden, der Kühlschrank ist leer, die Lampe in der Küche kaputt, und vielleicht hat man in der Zwischenzeit auch den Strom abgestellt, das habe ich noch nicht ausprobiert.«

Sie gluckste durch den Hörer. »Wenn Papi das nächste Mal aus *seinem* Urlaub zurückkommt, dann glänzt du eben auch durch Abwesenheit, statt ihn mit einem Drei-Gänge-Menü zu begrüßen!«

Ich nickte zustimmend, nur konnte sie das nicht sehen. »Natürlich weiß ich, dass ich viel zu gut für ihn bin, doch man muss die Männer nun mal nehmen, wie sie sind!«

»Das schon«, erwiderte meine Tochter, »aber man muss sie ja nicht so lassen …« (Stefanie ist seit mehreren Jahren verheiratet und hat sich ihren Hannes schon ganz gut zurechtgebogen.)

Während ich mein Gepäck aus dem Wagen holte und erst einmal im Flur abstellte, kamen mir wieder die Worte meiner Großmutter in den Sinn, die immer behauptet hatte, Mann und Frau sollten möglichst gleiche Interessen und gleiche Kinderstube haben, während ich argumentierte, dass sich ja gerade die Gegensätze anziehen. Darauf Omi: »Mein liebes Kind, Mann und Frau sein ist Gegensatz genug!«

Sie hatte Recht gehabt! Der Nachkomme eines Eskimos (vermute ich nur, ist amtlich nicht belegt) sollte besser keine Frau heiraten, die sich erst bei Temperaturen von fünfundzwanzig Grad aufwärts an wohl fühlt, italienische Küche liebt und im Urlaub Meer, Strand und Palmen braucht, während er, ebenjener verhinderte Eskimo, auch bei zehn Grad minus bei geöffnetem Fenster schläft, im Winter jedes Zimmer als überheizt bezeichnet, solange das Blumenwasser in der Vase noch nicht gefriert, und das Nonplusultra eines Urlaubs auf den Lofoten findet, wo man täglich nicht nur mit den Einheimischen auf Fischfang gehen, sondern sich auch überwiegend von demselben ernähren kann – zwanzig Tage lang Kabeljau satt!

Notfalls tut es aber auch irgendeine Ecke im westlichen Schottland, wo es schön grün und gar nicht richtig kalt ist, aber wenigstens dreimal täglich regnet.

Als liebende Ehefrau war ich tatsächlich einmal mitgezogen auf solch einen Angelurlaub, nur bis nach Österreich zwar, es war aber trotzdem langweilig gewesen. In den zwei Wochen hatte ich nicht nur die *Buddenbrooks* durchgelesen, sondern auch noch das halbe *Vom Winde verweht* – übrigens zum zweiten Mal. Beim ersten Mal war ich gerade sechzehn und frisch verliebt gewesen.

Im darauf folgenden Jahr durfte *ich* das Reiseziel aussuchen. Wir landeten an der italienischen Riviera, doch nach zwei Tagen Strandleben hatte Rolf genug von Meer, Sand, Sonne und Radau (Fische sind bekanntlich schweigsamer als italienische Bambini), kaufte einen Aquarellblock, einen Farbkasten und ein Sortiment Pinsel, und von da an sahen wir uns häufig erst zum Abendessen. Malen ist übrigens effektiver als Lesen – damals entstand unter anderem mein Lieblingsbild. Es hängt noch immer neben der Eingangstür, wo es jedem Besucher auffällt. Und gelegentlich runter! Deshalb hat es auch schon den dritten Rahmen.

Nachdem wir nun beide unseren guten Willen bewiesen und jeweils einen verkorksten Urlaub hinter uns hatten, kamen wir zu dem Schluss, dass uns neunundvierzig Wochen Eheleben pro Jahr genug festigen sollten, um drei Wochen Singledasein über- und seinen möglichen Versuchungen widerstehen zu können. Künftig würden wir getrennt verreisen.

Dieser Plan erwies sich kurz darauf als rein hypothetisch, denn in die Tat umsetzen konnten wir ihn erst zwei Jahrzehnte später, nachdem fünf Kinder flügge geworden waren.

Es hat aber geklappt! Und es klappt immer noch! War ich anfangs mit Freundin Irene verreist, so sind es jetzt Steffi und Hannes, mit denen ich Kataloge wälze und Klima-Tabellen studiere, bevor wir endlich dorthin starten, wo es ein warmes Meer, Strand und Palmen gibt.

An der liebevollen Gestaltung meiner Rückkehr muss Rolf allerdings noch arbeiten!

Bewaffnet mit einem 30 Zentimeter langen Einkaufszettel, auf dem ich von Filtertüten bis zu Klopapier und Marmelade so ziemlich alles notiert hatte, was ein neu gegründeter Haushalt in der Anfangsphase braucht (nur Waschpulver war noch genügend da gewesen, was den Schluss nahe legte, dass der Strohwitwer seine schmutzige Wäsche entweder versteckt oder nur minimale Mengen produziert hatte), fuhr ich in den Supermarkt.

Nun sehen diese Läden ja alle mehr oder weniger gleich aus, weil so genannte Fachleute immer wieder das Kaufverhalten der Kunden beobachten, analysieren und anhand der daraus gewonnenen Erkenntnisse ganz genau wissen, wie die Waren präsentiert werden müssen. Diesen Verkaufspsychologen verdanken wir zum Beispiel, dass der Zucker meist ganz unten steht, weil man ihn sowieso immer wieder braucht und sich deshalb murrend danach bückt, während die kleinen Dosen mit

Gänseleberpastete und Trüffelparfait in Augenhöhe aufgereiht sind, wo sie jeder sieht und trotzdem ignoriert; das Zeug ist einfach zu teuer.

Ich hatte mich über Zwieback, Honig und Nudeln schon bis zu den Eiern vorgearbeitet und wollte den Einkaufswagen zum Müsli-Regal schieben, als ich den Gang dorthin zugestellt fand. Ein Rollwagen mit Cornflakes und Reiscrispies stand davor. Irritierend nur die Abweichung von der üblichen Handhabung: Anstatt die Packungen *ins* Regal zu stellen, nahm der Angestellte sie heraus.

»Sind die etwa alle abgelaufen?« Wenn man seit Jahrzehnten in immer demselben Supermarkt einkauft, kennt man die meisten Mitarbeiter und hat sogar den ehemaligen Azubi im Laufe der Jahre zum Fachverkäufer für Cerealien (oder wie auch immer der für diesen Bereich Verantwortliche heißen mag) aufsteigen sehen. »Was macht ihr denn jetzt mit den ganzen Haferflocken? An die Öko-Hühner verfüttern?«

»Nein, nur umräumen. Hier kommen die Weihnachtsartikel hin!«

»Die – waas???«

Er deutete grinsend zu einem zweiten Rollwagen. »Ist gestern geliefert worden.«

Da stand ich nun sonnengebräunt in halblangen Hosen und kurzärmeligem T-Shirt, starrte auf die übereinander getürmten Packungen mit Lebkuchenherzen, Spekulatius, Dominosteinen, Marzipankartoffeln und anderen weihnachtlichen Kalorienbomben und kam mir vor wie im falschen Film. Nikoläuse waren zwar noch nicht dabei, doch etwas versteckt stapelten sich bereits die Adventskalender, und darauf prangte ganz groß ein Bild vom Weihnachtsmann mit Bart und Bauch.

Das Außenthermometer zeigte übrigens 24,6 Grad plus, und im Autoradio besang jemand die weißen Mühlen von Rhodos, von denen er jetzt Abschied nehmen müsse. Der Urlaub des Sängers ging offenbar auch zu Ende. Vielleicht war's ja der Nikolaus.

Nachzutragen wäre noch, dass ich vergessen hatte, eine neue Neonröhre für die Küche zu besorgen. Also kochte ich später im Schein zweier Teelichte ein Abendsüppchen, von dem mein endlich mit Blumen (!) heimgekehrter Ehemann behauptete, er habe seit Wochen nichts annähernd so Delikates gegessen. Die Verpackung der Tütensuppe hatte ich natürlich verschwinden lassen, und mit frischen Champignons, diversen Kräutlein und etwas Sahne kann man eine ganze Menge zaubern. Als Dessert gab es Dominosteine und auf dem Tisch zwei neue Kerzen.

Noch 117 Tage bis Weihnachten!

Weihnachtspost

Hast du den Weihnachtsgruß für Hildchen schon fertig?«

»Nein!«, kam die prompte Antwort aus dem Nebenzimmer, »und ich gedenke auch nicht, ihr wieder einen zu schicken. Für den letzten hat sie sich nicht mal bedankt.«

»Hattest du das etwa erwartet?«

Hildchen heißt eigentlich Hildegarde (mit e am Ende) und ist Rolfs Cousine. Nach ihrer Ansicht einst zu Höherem geboren, wurde sie doch nur die Gattin eines Sachbearbeiters der mittleren Besoldungsstufe; immerhin ist er Beamter gewesen, wenn auch ein früh dahingeschiedener. Nach Rolfs Ansicht war sein angeheirateter Cousin an Resignation gestorben – nicht wegen der eintönigen Tätigkeit im Landratsamt, sondern wegen des Vornamens seiner Frau. Hildegarde legte (und legt immer noch) großen Wert auf die deutliche Artikulierung ihres Namens, und sobald ihr Mann sie ›Hildchen‹ oder gar ›Hildekind‹ nannte, pflegte sie ihn mit hochgezogenen Augenbrauen daran zu erinnern, dass ihr Taufname Hildegarde laute und sie auch mit diesem anzureden sei. »Oder sage ich etwa Siggi zu dir?«

»Leider nicht!«, murmelte er in solchen Fällen, denn

er hasste seinen eigenen Namen. Zu verdanken hatte er ihn jener Zeit, als ein Mann blond sein und blaue Augen haben musste, um dem damaligen Hirngespinst von der so genannten Herrenrasse zu genügen. Bedauerlicherweise kam das Kind mit einem fast schwarzen Haarschopf auf die Welt, der später in ein unbestimmbares Braun umschlug, während sich seine Augenfarbe irgendwo zwischen Grün und Grau einpendelte. Also musste wenigstens sein Name nordisch klingen, und so wurde aus dem eigentlich vorgesehenen Heinz-Werner ein Sigurd. Mit Nachnamen Pahlke.

Ich mag Frau Pahlke nicht, und Rolf findet auch, dass Cousinen in der Verwandtschaftshierarchie viel weiter unten anzusiedeln seien, als der Stammbaum es vorschreibt. Nach seiner Ansicht sind Cousinen sogar völlig überflüssig. Zum Glück hat er nur die eine.

Ein Zusammentreffen gibt es nur anlässlich großer Familienfeiern, die jedoch immer seltener stattfinden und sich zunehmend auf Beerdigungen reduzieren. Um die kann man sich aber speziell im Winter herumdrücken mit dem Hinweis auf verschneite Autobahnen und die daraus resultierenden chaotischen Verkehrsverhältnisse. Jedenfalls hatte *ich* Hildegarde schon seit vier Jahren nicht mehr gesehen, während Rolf ihr in Unkenntnis ihrer Anwesenheit direkt in die Arme gelaufen war, als er seine Mutter besuchte. In jenem Jahr bekam er zum ersten Mal einen Weihnachtsgruß mit Barockengel vorne drauf und vielen guten Wünschen zum Christfest von deiner Hildegarde.

Wir schickten eine Karte zurück – ohne Engel, aber mit den Heiligen Drei Königen, die etwas verblüfft in die Krippe schauten; es lagen nämlich Zwillinge drin. Vielleicht würde ihr ja diese Verfremdung der Heiligen Familie missfallen. Hatte es aber nicht, und nach zweimal Weihnachten und dem damit verbundenen Kartentausch setzte ich Hildegarde endgültig auf unsere Bloß-nicht-vergessen-Liste – als Nummer 32.

Nun bin ich kein großer Freund von diesen vorgefertigten Klappkarten, die man als Zehnerpack ab Mitte November in jedem Supermarkt findet; ich kaufe lieber neutrale Kärtchen und bastle die Dekoration selber. Jedenfalls nehme ich mir das immer wieder vor. Ein paar schaffe ich auch, doch dann wiederholt sich jedes Jahr das gleiche Spiel: Ich drücke Rolf den Stapel Karten nebst Adressenliste in die Hand mit dem beiläufigen Hinweis, ich müsse mich von der Plätzchenbackerei über die Tiefkühlgans bis zu der noch vor dem Fest dringend benötigten Heizöllieferung um alles Übrige kümmern, von den Geschenken gar nicht zu reden, und deshalb könne er wenigstens die Weihnachtspost übernehmen; schließlich habe er einstmals diverse Semester in der Kunstakademie abgesessen, während ich in Zeichnen immer eine Vier gehabt hatte.

Rolf verspricht auch regelmäßig Mithilfe und hat am zweiten Advent tatsächlich schon einige Karten mit Bleistiftskizzen versehen, die Feinarbeit wird er in der kommenden Woche erledigen. Macht er auch, doch dabei bleibt es, weil Werbemenschen nämlich besonders in der Vorweihnachtszeit ständig unter Zeitdruck stehen. Behaupten sie und verschwinden mit gehetztem Blick und ein paar Papieren unterm Arm, sobald ihnen die zunehmende Hektik im sonst doch verhältnismäßig ruhigen Haushalt auf die Nerven geht.

Das Thema Weihnachtspost endet schließlich damit, dass ich erst den Winterbasar vom Kindergarten nach selbst gebastelten Karten abgrase (pro Stück 1 Euro) und dann die Adventsausstellung der Gesamtschule, da wird man auch immer fündig.

Die Karten sind zwar noch ein bisschen teurer, sehen aber auch professioneller aus, und außerdem tut man ja ein gutes Werk: Mit den Einnahmen – Kaffee, Kuchen und Glühwein gibt es in der Aula – soll nämlich die von der 6. Klasse geplante Landschulheimwoche auf Rügen finanziert werden.

Im letzten Jahr hatte Cousine Hildegarde zu jenen Glücklichen gehört, die eine von Rolf illustrierte Karte bekam: Ein übergewichtiger Weihnachtsmann hatte breitbeinig in einem Sessel mit Blick zum überladenen Christbaum geruht und genießerisch Schokoladenkekse in sich hineingestopft, die er aus seinem geöffneten Sack herausholte. Daneben hatte ein großer fetter Hund mit Fusselfell geruht. (Hildegardes vierbeinige Nackenrolle war nämlich kurz nach ihrem tief betrauerten Ableben durch »Schnauzi« ersetzt worden, ein etwas größeres Tier unbestimmbarer Rasse, in dem Rolf eine Mischung aus Hängebauchschwein und Angoraziege vermutete.) Sein signiertes Werk hatte der Künstler mit der Unter-

Auch ein Weihnachtsmann
braucht mal 'ne Pause!

zeile versehen: »Auch ein Weihnachtsmann braucht mal 'ne Pause!«

So weit – so gut! Weniger gut erschien mir allerdings die frappierende Ähnlichkeit zwischen der Karikatur und Hildegardes bärbeißigen Gesichtszügen. »Musste das sein?«

»Ist mir gut gelungen, nicht wahr?«, hatte sich Rolf gefreut und die Falte am rechten Mundwinkel noch etwas vertieft, »ich habe dabei auch intensiv an meine Cousine gedacht.«

Was sich die Cousine beim Empfang der Karte gedacht hatte, haben wir begreiflicherweise nie erfahren …

Doch zurück zu den vorweihnachtlichen Aktivitäten: Die Karten sind inzwischen geschrieben, es sind sogar ein paar übrig geblieben, aber das schadet nichts, denn erfahrungsgemäß trudeln in den letzten Tagen vor dem Fest häufig Grüße ein von jenen Freunden und Bekannten, die man noch nicht auf der Liste hat. Jedenfalls werde ich es nie mehr schaffen, ohne Briefschulden ins neue Jahr zu gehen.

Spätestens in der letzten Woche vor dem Fest müssen die Karten in den Briefkasten. Die Marken fehlen noch, aber das macht nichts. Rolf will sowieso zur Post wegen des geänderten Firmenlogos, das muss noch heute per Eilboten raus. Wenig später erfährt er, dass sich die Sache erledigt hat, es soll nun doch beim ersten Entwurf bleiben. Als mir die Briefmarken wieder einfallen, hat die Post bereits zu. Morgen aber ganz bestimmt!

Der nächste Tag beginnt mit Schneeschippen. Die

halbe Nacht lang hat's geschneit, und es schneit auch tagsüber weiter. Wir schippen abwechselnd, Bewegung an der frischen Luft ist gesund. Merkwürdig nur, dass das Grundstück jetzt viel größer ist als im Sommer! Der Weg ist auch breiter geworden. Als uns die nicht beschippte Garage einfällt, liegt der Schnee vor der Zufahrt bereits einen halben Meter hoch. Auch egal, zu essen ist genug im Haus, und Brot gibt's notfalls an der Tanke, die paar hundert Meter kann man zu Fuß gehen …

Offenbar waren andere Schneegeschädigte mit dem gleichen Gedanken schon vor mir dort gewesen, Brot ist alle. Ob's vielleicht was anderes sein dürfte, Kuchen zum Beispiel? Nusskuchen mit Appenzeller schmeckt aber nicht. Eine Nachbarin kann aushelfen, sie ist allein stehend und braucht nicht so viel Brot. Das merkt man, die Scheiben wellen sich schon etwas am Rand, doch wenn man sie über dem Käse zusammenklappt, merkt man es kaum.

Weihnachten ist wieder einen Tag näher gerückt, und die Post stapelt sich immer noch auf dem Schränkchen gleich neben dem Telefon, da liegt sie griffbereit, und man wird dauernd daran erinnert.

Die Garage ist inzwischen frei geschaufelt, aber der Wagen springt nicht an. Warum nicht? Ich tippe auf die Batterie, der einzig plausible Grund, weshalb ein vor 36 Stunden noch völlig intaktes Auto keinen Ton mehr von sich gibt. Rolf meint, die Batterie könne es nicht sein, die sei ja noch relativ neu, erst anderthalb Jahre alt. Na und?

Unser neuer Fernseher hatte schon nach sechs Wochen seinen Geist aufgegeben und musste ausgetauscht werden.

Der Kfz-Mechaniker vom Autohaus ist zehn Minuten später da und hat den Defekt sofort gefunden. »Ham Sie mal'n Hammer?«

In der Garage findet sich keiner, aber ein Schraubenschlüssel tut's auch. Drei gezielte Schläge irgendwo vorne – die aufgeklappte Motorhaube versperrt mir die Sicht –, dann die Anweisung: »Starten Sie mal!« Ich tu's, und sofort setzt das vertraute Geräusch ein.

»Sie sollten den Anlasser auswechseln lassen!«, sagt der Mann im grünen Overall. »Das kann jetzt ein halbes Jahr lang gut gehen, kann aber auch schon morgen wieder nicht mehr gehen!«

»Aha. Und was ist, wenn's schon morgen nicht mehr geht?«

»Dann müssen Sie hier draufhauen!« Er zeigt mir die neuralgische Stelle, ich nehme mir vor, sie gleich nachher irgendwie zu kennzeichnen (Nagellack ist in solchen Fällen ganz hilfreich, er geht nicht so schnell ab), aber der Anlasser hält bis nach Neujahr durch, dann wird er durch einen neuen und äußerst preiswerten ersetzt. Hatte ich gedacht. Es war aber nur meine erste Euro-Rechnung gewesen.

An die Post hatte ich natürlich nicht mehr gedacht, die lag immer noch neben dem Telefon, obwohl ich sie doch hatte mitnehmen wollen. Wenigstens hatte ich Briefmarken gekauft.

Bei dem letzten halben Dutzend fehlten noch die Postleitzahlen, hätte ich schon längst heraussuchen müssen! Egal, mache ich gleich nach dem Abendessen, denn morgen ist wirklich letzter Absendetermin.

Und plötzlich waren tatsächlich alle weg. Der Platz neben dem Telefon war wieder frei (und schrie nach einer gründlichen Behandlung mit dem Staublappen), und als ich meinen gegen Abend heimkehrenden Ehemann fragte, ob er die Post mitgenommen habe, nickte er bestätigend.

Halleluja, für dieses Jahr hatte ich's mal wieder geschafft! Vierundfünfzig Weihnachtsgrüße hatten wir verschickt! Und einundsiebzig erhalten, wie eine spätere Zählung ergab, acht mehr als im letzten Jahr! Von Hildegarde war übrigens keiner darunter gewesen.

Nachtrag:

Als im Frühjahr an Rolfs Wagen die Winterreifen gegen die leichtere Sommerkollektion ausgewechselt worden waren und Sohn Sven das erste Viertel seines Gutscheins (4 x Handwäsche nebst kompletter Innenreinigung!) einlösen wollte, räumte er natürlich auch den Kofferraum aus. Neben einer verstaubten Wolldecke und zwei nicht weniger verstaubten Toilettenpapierrollen brachte er noch den von seinem Vater seit langem vermissten Reserveschlüssel mit. »Hat alles unter der Abdeckung gelegen! Das Knäckebrot und die korrodierte Taschenlampe habe ich allerdings gleich entsorgt und die Briefe in den Kasten geworfen.«

»Welche Briefe?«

»Weiß ich doch nicht! Die waren wohl nach hinten gerutscht und sind auch ein bisschen dreckig geworden, aber die Adressen konnte man noch deutlich lesen.«

Mir schwante sofort das Richtige, und Rolf stritt auch gar nichts ab. Er hatte nicht mal ein schlechtes Gewissen. »Jeder darf gelegentlich was vergessen!«

»Ich verstehe bloß nicht, wie man hinterher auch noch so dämlich sein kann!«, trumpfte ich am Schluss meiner Gardinenpredigt auf. »Von deiner Schlamperei hätte doch niemand was mitgekriegt, wenn du die Briefe einfach weggeworfen hättest!«

»Und weshalb hätte ich das tun sollen?«, kam es erstaunt zurück. »In neun Monaten ist doch schon wieder Weihnachten!«

Backe, backe Kuchen …

Ein nicht unbeträchtlicher Teil der vorweihnachtlichen Aktivitäten spielt sich in der Küche ab – nämlich die Plätzchenbackerei. In den einschlägigen Geschäften verschwinden jene Kochbücher im Lager, die sich mit Salatrezepten und mediterranen Gemüseaufläufen befassen, um Platz zu schaffen für die druckfrischen Neuerscheinungen. *Süßes zum Fest* heißen sie oder *Omas Weihnachtsbäckerei* (das sind die mit den besonders kalorienreichen Rezepten). *Aus der Himmelsbäckerei* ist für Puppenmütter gedacht, die zum Teil noch gar nicht lesen können, sich jedoch sofort mit den Teig rührenden Engelchen auf dem Titelbild identifizieren und zu Hause gleich mit dem Backen anfangen wollen, und für die noch Ungeübten in der hehren Kunst der Plätzchenproduktion gibt es auch heute noch das Schul-Backbuch von jenem promovierten Puddingpulverhersteller, dessen Namen nun wirklich jeder kennt.

Jahrzehntelang hatten die klassischen Kekse auf den Bunten Tellern gelegen, also Vanillekipferl, Makronen, Lebkuchen, Mandelplätzchen, Schokoladenbrezeln und so weiter, die Rezepte wurden von Generation zu Generation weitergegeben – doch irgendwann genügte das der modernen Kochkultur nicht mehr, und seitdem werden wir jedes Jahr mit neuen Kreationen für das Fest der Feste (oder so ähnlich) überschüttet. Das fängt mit dem *Adventskuchen* an, der im Übrigen eine fatale Ähnlichkeit mit einem Christstollen hat, setzt sich fort mit *Hippenröllchen, Engelsaugen, Dotterlaiberln* und ähnlichen Merkwürdigkeiten und endet mit einem *Dreikönigskuchen* für den Fall, dass die emsige Hausfrau auch im neuen Jahr noch immer nicht die Nase voll hat von der Backerei. Wenn die gerade aufgelisteten Kekse auch nicht viel anders schmecken als die hinlänglich bekannten, mag es daran liegen, dass sich die Zutaten doch sehr ähneln. Aber auch dies ist keine neue Erkenntnis.

Ich erinnere mich noch genau an einen weit zurückliegenden vorweihnachtlichen Backtag, als das Telefon bimmelte, während ich gerade den Teig für die Zimtsterne komponierte. Also alles fallen lassen, zum Schreibtisch spurten (Handys gabs noch nicht!), der Stimme am anderen Ende der Leitung zweimal bestätigen, dass sie wirklich nicht mit Elfriede verbunden ist, Entschuldigung entgegennehmen, Hörer auflegen, zurück in die Küche und weiter den Plätzchenteig geknetet. Nachdem die zwei Bleche im Ofen waren und mein Rezeptbuch vom Mehlstaub befreit, stellte ich fest, dass ich zwar bei den Zimtsternen angefangen hatte, dann aber versehentlich zu den Vanilleherzen übergegangen war, die auf der gegenüberliegenden Seite standen. Gemerkt hat es später niemand, obwohl der Zitronenguss zu keinem von beiden passte. Merke: So kann man fast jedes Missgeschick kaschieren, und ganz besonders dann, wenn man viel Zitrone nimmt und wenig Puderzucker! Jeder, der in solch ein Plätzchen beißt, bleibt bemüht, nicht sein Gesicht zu verziehen, und damit hat er genug zu tun!

Dass zu Weihnachten auch ein Christstollen gehört, ist Tradition. Dass man die ersten Miniaturausgaben schon Ende Oktober kaufen kann, ist relativ neu, aber da heißt das Gebäck ja auch noch Herbststollen. Darin besteht aber auch der einzige Unterschied.

Den Christstollen kauft man meistens zellophanverpackt in einschlägigen Geschäften, den Ersten-Feiertag-Kaffeebesuch-Kuchen backt man selber, und sei es auch nur, um den herablassenden Bemerkungen von Tante Lisbeth oder Cousine Hildegarde zu entgehen, sobald man eine Tortenauswahl des örtlichen Konditors auf den Tisch stellt. »Na, ihr müsst es ja haben, wenn ihr euch so was leisten könnt!«

Abgesehen davon, dass wir uns derartigen Luxus eigentlich selten leisten, wären die Kommentare wegen meiner mangelnden Fähigkeit zum Tortebacken noch viel überheblicher ausgefallen. Ich weiß sowieso nicht, weshalb man ausgerechnet zu Weihnachten drei Stunden nach dem fast immer reichhaltigen Mittagessen schon wieder Kaffee trinken und Kuchen essen muss, aber auch das scheint Tradition zu sein. *Deutsche* Tradition! Genau wie Uromis Mokkatorte, eine dreistöckige Kalorienbombe aus Bisquitteig mit dunkler Mokka-Sahne-Buttercreme, ähnlich kompliziert herzustellen wie etwa Béchamelsoße – die kriege ich nämlich auch nur selten richtig hin!

Das Rezept für diese Torte war offenbar immer von der Mutter an die Tochter weitergereicht worden und musste wohl noch aus jener Zeit stammen, als man, wenn schon kein Dienstmädchen, so doch wenigstens eine Aufwartefrau fürs Grobe hatte. Die kostete kaum etwas, war aber vielseitig einsetzbar und half an besonders hohen Feiertagen auch mal in der Küche aus. Angeblich hatte eine dieser Perlen auch die Mokkatorte in unsere Familie eingebracht, als nämlich meine Urgroßeltern im Oktober 1871 in den heiligen Stand der Ehe traten. Mehrstöckige Hochzeitstorten mit Säulen aus Marzipan und einem Brautpaar auf der Spitze kannte man seinerzeit noch nicht, die Kalorien hatte man wohl auch noch nicht entdeckt, man schwelgte zu besonderen Anlässen immer noch in Cremetorten aus guter Butter. Schlagrahm wurde in Kristallschalen gleichmäßig auf der Tafel verteilt, und in die Kaffeetassen kippte man statt fettreduzierter Dosenmilch pure Sahne. Wen also wundert's, wenn vor hundert Jahren das Korsett für die Frauen das wichtigste Kleidungsstück überhaupt gewesen war?

Neben der üblichen Wäsche-Aussteuer gab es als Mitgift häufig handgeschriebene Kochrezepte, darunter auch solche für die *Feine Küche,* womit in erster Linie die Bewirtung bei großen Festen gemeint war. Und die muss es seinerzeit alle naslang gegeben haben! Jedenfalls fand sich die Backanleitung für diese Mokkatorte in der zwei

Jahrzehnte später meiner Großmama vererbten Rezeptesammlung, von ihrer Mutter aufgeschrieben in schon leicht vergilbter Sütterlinschrift und später ergänzt durch neue Erkenntnisse wie »Sahne muss sehr kalt sein« oder noch später und schon in Omis Handschrift für die nachfolgenden Generationen: »Mit Nescafé geht's schneller.«

Doch eines Tages war das Rezept verschwunden und blieb es auch, obwohl meine Großmutter die Wohnung auf den Kopf stellte und dabei Dinge fand, die sie schon seit langem gesucht hatte wie z.B. die große Rundstricknadel und die Amethyst-Brosche – nur das Rezept tauchte nicht mehr auf.

Und das einen Tag vor Weihnachten! Egal, dann musste es eben ohne gehen. Schließlich hatte sie die Zutaten im Kopf – nur nicht die genaue Mengenangabe der diversen Ingredienzen.

Damals hörten wir zum ersten Mal den Schrei: »Die verflixte Creme wird nicht steif!« Alles stürzte in die Küche, wo Omi mit anklagender Miene auf eine dunkelbraune Masse deutete und behauptete, so habe die früher nie ausgesehen. Ob wir sie trotzdem gegessen haben, weiß ich nicht mehr, aber an den zweiten Schrei zu Ostern kann ich mich noch gut erinnern, denn der hatte anders geklungen: »Die verdammte Creme ist viel zu fest!« Dabei hatte mich das *Verdammt* mehr beeindruckt als die ganze Küchenkatastrophe, denn aus dem Munde meiner Großmutter hatte ich dieses Wort noch niemals gehört.

Weitere Versuche im Laufe des Jahres führten zu unterschiedlichen, jedoch nie befriedigenden Ergebnissen, und so verbrachten wir den Tag vor Heilig Abend folgerichtig in Erwartungshaltung. Prompt ertönte etwa gegen 18 Uhr der Ruf: »Die verdammte Creme gerinnt schon wieder!«

In den kommenden Jahren wechselte zwar der Tatort, weil Weihnachten nun hauptsächlich bei uns gefeiert wurde, doch die Mokkatorte und der damit verbundene Schrei, weil die Creme wieder mal nichts geworden war, verfolgten uns sogar auf die Schwäbische Alb und zwei Jahre später wieder herunter. Bis zu jenem 23. Dezember, als Sven von Omi zum Supermarkt geschickt wurde wegen der vergessenen Eier. Als er nach anderthalb Stunden noch immer nicht zurück war, sondern mit Freunden auf der nahe gelegenen Wiese Ball spielte und das Rufen nicht hörte, lief sie selber nach unten. »Hast du die Eier?«

Ihr Urenkel deutete auf den im Gras liegenden Karton. »Ja, dort! Aber lass ihn bitte liegen, er ist einer von den Torpfosten.« Und dann, etwas zögernd: »Kannste nich lieber mal 'ne normal niedrige Schokoladentorte machen, die man essen kann, ohne dass sie aufm Teller umkippt und runterfällt?«

Er hat sie bekommen!

Ein paar Jahre lang haben wir den vorweihnachtlichen Entsetzensschrei regelrecht vermisst und mit ihm auch die Mokkatorte, aber im Zeitalter der Fettaugenjagd und dem regelmäßig zu kontrollierenden Cholesterinspiegel gehören dreistöckige Torten ebenfalls in die Zeit des »Es war einmal …«

Das Lieblingsgebäck meiner Tochter Stefanie sind Haferflockenplätzchen. Vielleicht kompensiert sie damit den bei ihr im Kleinkindalter angelegten Hafermangel, denn den von Großmüttern im Krankheitsfall empfohlenen (und von den meisten Rekonvaleszenten gehassten) Haferschleim habe ich meinen Nachkommen niemals vorgesetzt; zu oft hatte ich ihn als Kind selber runterwürgen müssen!

Als das Müsli-Zeitalter begann, war Steffi mehr auf Cornflakes und Honigpops erpicht denn auf rohe Haferflocken, und nun frühstückt sie wochentags überhaupt nicht mehr, weil die Zeit zu knapp ist und sie sowieso erst mit dem Hund raus muss. Aber zu Weihnachten müssen Haferflockenplätzchen auf dem Tisch stehen! Wehe, wenn nicht!

Sie herzustellen ist relativ einfach. Und hat man erst mal die Plattfisch-Phase überstanden – also jene Fehlversuche, bei denen die anfangs vorschriftsmäßigen Teighäufchen im Ofen mächtig in die Breite gehen und nur eine Höhe von maximal 5 mm erreichen – dann sehen die Plätzchen fast so gut aus wie im Backbuch. Das Problem beginnt ja auch erst später! Jedenfalls ist es mir bis heute nicht gelungen, Haferflockenplätzchen so aufzubewahren, dass sie nicht nach spätestens zwei Tagen die Konsistenz von Mauerbrocken haben – also steinhart und doch irgendwie bröselig. Es gibt nichts, was ich nicht ausprobiert hätte: Blechbüchsen mit und ohne

Apfelschalen drin, Plastikdosen nebst Tütchen mit nicht näher erläutertem Inhalt, der Gebäck »garantiert frisch halten« soll, Aufbewahrung im Keller, im Kühlschrank, im Gartenhäuschen – egal, die Dinger wurden immer wieder steinhart und nur genießbar, wenn man sie in die Kaffeetasse tauchte. Sven hatte mal ein halbes Dutzend Plätzchen im Mixer zerkleinert und die Brösel mit ein paar Spritzern Schokoladensoße übergossen; angeblich soll die Pampe ganz gut geschmeckt haben, doch Weihnachtsplätzchen serviert man normalerweise nicht mit Suppenlöffel!

Dass Kinder leidenschaftlich gerne backen, wissen alle Mütter, und besonders gern backen sie, wenn sie es noch gar nicht können, etwa zwischen zweieinhalb und fünf Jahren. Sie reichen noch nicht an den Tisch heran, brauchen einen Stuhl, der wenigstens zweimal umkippt und hinterher von oben bis unten klebt, sie hauen ihr Lieblingsbackförmchen genau in die Mitte des mühsam ausgerollten Teigs und kippen den fertigen Zitronenguss in die Mandelmühle. Abends wird ihnen schlecht.

Größere Kinder, also solche von sieben bis zwölf, zeigen auch Interesse, allerdings erst dann, wenn der Teig fertig ist und sie mit dem Ausstechen beginnen können. Das dauert meist ziemlich lange, weil sie jedes Mal ein neues Förmchen nehmen oder – noch schlimmer! – eigene Kreationen schaffen, die man später selten heil vom Blech runterkriegt. Abends wird ihnen auch schlecht.

Kinder über zwölf braucht man gar nicht erst zu fragen, obwohl sie wirklich schon eine Hilfe sein könnten.

Sie müssen GZSZ gucken oder *Marienhof* und lassen sich nur während der Werbung in der Küche blicken, wenn das erste Blech aus dem Ofen kommt. »Schmecken die überhaupt?«

Vielleicht sollte man doch langsam auf die Eigenproduktion weihnachtlichen Gebäcks verzichten und auf das Angebot in Supermärkten und Konditoreien zurückgreifen. Zwar schmecken die Vanillekipferl und die Elisentaler nie so wie die selbst gemachten, aber man wird garantiert kein angebranntes oder deformiertes Plätzchen in der Tüte haben, und eventuell würde ich sogar mal Haferflockenkekse finden, an denen man sich nicht die Zähne ausbeißen kann! Bei den Dritten wird das nämlich teuer!

»... DEN HAB ICH EINFACH VERGESSEN!«

Jetzt brauchen wir aber wirklich einen neuen Christbaumständer!«, hatte Stefanie festgestellt, nachdem sie das seinerzeit von ihrer Schwiegermutter geerbte Eisenteil einer gründlichen Prüfung unterzogen hatte. »Eine Schraube ist endgültig abgebrochen, und die beiden anderen sind verrostet. Meinst du, diese unvorhergesehene Ausgabe ist in unserem Weihnachtsetat noch drin?«

Ehemann Hannes glaubte, den im Verhältnis zu allen sonstigen vorweihnachtlichen Kosten doch relativ geringen Betrag noch verkraften zu können, und zeigte sich sogar bereit, die Sache sofort in Angriff zu nehmen. Es war nämlich Sonnabend und somit jener Tag der Woche, an dem die meisten Ehemänner zu Hause sind und von ihren Frauen gern zu ungeliebten Tätigkeiten herangezogen werden, als da sind: Leere Flaschen zum Container fahren, eingedrungene Spinnen aus dem Keller vertreiben, endlich mal die drei losen Latten vom Zaun festnageln und last but not least das Gartenhäuschen aufräumen, weil man drinnen überhaupt nichts mehr findet vor lauter abgestellten Terrassenmöbeln, Streusalz, Grillkohlen und ausrangiertem Fahrradzubehör.

»Als ich neulich das letzte Laub zusammenrechen wollte, musste ich mir nebenan eine Harke leihen, weil ich an unsere nicht rangekommen bin, aber wenn du natürlich von Gummistiefeln bis zu dem kaputten Sonnenschirm alles in der Butze deponierst …«

Da jedoch der Flaschenkorb noch gar nicht richtig voll war und um diese Jahreszeit – immerhin war Winter, wenn auch ohne Schnee – weder Gartengeräte noch Sonnenschirme gebraucht wurden, eine Inventur des im Häuschen abgeladenen Krempels also auf später verschoben werden konnte, holte Hannes zwecks Demonstration seines guten Willens erst mal einen Hammer aus dem Keller. Wegen des Gartenzauns! Spinnen hatte er übrigens nirgends gefunden. Die passenden Nägel aber auch nicht, entweder waren sie zu lang oder zu kurz gewesen oder hatten keine Köpfe gehabt – jedenfalls informierte er seine mit dem Putzen von Rosenkohl beschäftigte Frau, er werde mal eben Nägel holen und bei dieser Gelegenheit auch gleich eine kleine Flachzange; seine habe er irgendwem geliehen und nie zurückbekommen.

»Dann kannst du auch einen Christbaumständer mitbringen«, schlug Steffi vor, »aber einen von den neuen mit Klickmechanismus, oder wie das heißt!«

Hannes nickte zustimmend, stieg ins Auto und fuhr ab. Das war um 11.35 Uhr.

Was für Frauen ein Bummel durch die drei Stockwerke eines Modehauses ist oder durch die Kosmetikabteilung eines großen Kaufhauses, das ist für Männer ein Besuch in einem jener riesigen Geschäfte, die von Klobürsten bis zu Aufsitz-Rasenmähern so ziemlich alles führen, was nicht für den menschlichen Genuss bestimmt ist – es sei denn, die Besucher ernähren sich gelegentlich von Chappi oder Whiskas. Denn für unsere lieben Vierbeiner gibt es natürlich auch eine eigene Tier-Abteilung mit Kratzbäumen, Kuschelkissen, Vogelkäfigen, fünf Meter Spielzeugregal und mindestens acht verschiedenen Fressnäpfen von Plastik bis zu Edelstahl hochglanzpoliert.

Eine Frau würde sich angesichts dieser riesigen Auswahl wahrscheinlich am Informationsschalter erkundigen, wo sie Nägel und Weihnachtsartikel finden kann, sich die Richtung zeigen lassen und wenig später mit ihren Einkäufen an der Kasse stehen.

Nicht so ein Mann. Der holt zunächst mal einen jener Wagen, die wegen ihrer Ausmaße eigentlich führerscheinpflichtig sein müssten, und beginnt seine Tour im ersten Gang vorne links. Dort gibt es Lampen. Er braucht zwar keine, doch ein paar Glühbirnen sollte er mitnehmen, weiß sowieso nicht mehr, wie viele er noch zu Hause liegen hat, und außerdem gehen die immer gerade dann kaputt, wenn keine passende zur Hand ist.

Nach den Lampen für innen kommen die für den Außenbereich, richtige altmodische Straßenlaternen, in der Länge etwas gekürzt auf Ziergartenniveau. Zwei davon würden sich vor der heimischen Terrasse ganz hervorragend machen, sind leider viel zu teuer. Nebenan die

Briefkästen auch, obwohl der eigene längst ausgewechselt werden müsste, ist immerhin zwanzig Jahre alt, und bei Dauerregen wird die Post manchmal sogar feucht.

Dann kommt der erste Monitor in Sichthöhe. Ein Mann in weißem Overall mit ebensolcher Baseballkappe demonstriert via Bildschirm, wie man eine Duschwand abdichtet, nämlich ganz einfach und sauber mit einer Silikonnaht der Firma Quickly. Das geht problemlos, jeder kann es auf Anhieb, und Schmutz hinterlässt es auch nicht. Allerdings funktioniert das nur mit dem Produkt der Firma Quickly. Der Mann mit der Kappe strahlt, winkt freundlich herüber, und dann fängt die ganze Geschichte von vorne an. »Hallo, Sie da …!«

Nach dem dritten Durchlauf hat es auch der Dümmste begriffen und nimmt eine Packung mit. Kann man immer gebrauchen, geht ja auch für die Badewanne.

Die gibt es ebenfalls zu kaufen, rund, quadratisch, dreieckig, sogar in mintgrün und apricot, wirklich sehr gewöhnungsbedürftig, würde aber gar nicht reinpassen: Das Eigenheim ist zwar inzwischen abgezahlt, also entsprechend alt, nur hat man damals ja ganz anders gebaut als heute. Daran, dass seine Frau schon lange nach solch einem hellblauen Kosmetikeimer sucht – passend zur Toilettenbrille –, wie sie hier reihenweise stehen, denkt der Mann natürlich nicht, warum auch? Er muss sich ja abends nicht abschminken, und die Stoppeln aus dem Rasierapparat hat er schon immer ins Waschbecken geschüttelt.

Nach einer guten Stunde hat der männliche Besucher

bereits ein Drittel der Gänge abgeschritten und außer den bereits erwähnten Artikeln noch einen Reisigbesen auf seinen Wagen geladen, zwei Tüten Grassamen der Sorte »Tiergarten« – soll am strapazierfähigsten sein –, mehrere Prospekte von Miniatur-Treibhäusern und einen gelben Übertopf für die Pantoffelblume im Wohnzimmerfenster, der sich später als zu klein erweist.

Am hinteren Ende der riesigen Halle gibt es eine kleine Cafeteria, überwiegend von fußmüden weiblichen Besuchern frequentiert, die bereits alles zusammengetragen haben, was sie kaufen wollten, und nicht gewillt sind, ihre Männer auch noch durch die Gänge mit Bohrmaschinen, Akkuschraubern und ähnlich spannenden Dingen zu begleiten.

In Relation gesetzt, müsste das ungefähr der Zeitpunkt gewesen sein, zu dem Stefanies Nachbarin klingelte und wissen wollte, ob ihr Manfred eventuell da sei, was Steffi verneinte. Ihr Hannes sei vor anderthalb Stunden in die Stadt gefahren, fügte sie stolz hinzu, um Nägel und einen Christbaumständer zu kaufen.

»Was, der auch? Manfred ist noch länger weg, dabei wollte er bloß eine Schleifscheibe holen. Weißt du, was ich vermute? Die beiden sind sich über den Weg gelaufen, und jetzt stacheln sie sich gegenseitig an nach dem Motto: ›Wenn du *das* kaufst, nehme ich *jenes* mit, das tauschen wir bei Bedarf untereinander aus‹, und bei Ladenschluss sind sie ein halbes Vermögen losgeworden! Wie spät ist es genau?«

»Vierzehn Uhr elf«, sagte Steffi, nun doch etwas unruhig, »dann haben sie ja noch fast zwei Stunden Zeit zum Geldausgeben!«

»Darauf sollten wir es lieber nicht ankommen lassen! Nehmen wir deinen Wagen oder meinen?«

Christinas Auto stand noch draußen, also stiegen sie in ihren Käfer und kurvten nach knapp zehn Minuten auf den großen Parkplatz. »Hannes ist noch hier«, stellte Stefanie nach einem Rundblick fest, »dort drüben steht sein Wagen!«

Auch Christina entdeckte nach kurzer Musterung der abgestellten Autos – überwiegend größere Limousinen in dunklen Farbtönen, also männlich geprägt – den Wagen ihres Mannes. »Hab ich's nicht gesagt??«

Gleich hinter dem Eingang stand ein riesiger geschmückter Weihnachtsbaum, umgeben von einem Dutzend melancholisch dreinblickender Elche, die unentwegt mit den Köpfen nickten. »Muss das Nachfolgemodell der berühmten Automöpse sein, die früher immer auf den Hutablagen standen«, vermutete Christina. »Meine Oma hatte sogar zwei davon.«

»Gleich daneben lag das gehäkelte Klorollenhütchen«, kicherte Steffi.

»Stimmt! Und auf der anderen Seite das viereckige Sofakissen mit dem gestickten Autokennzeichen in der Mitte.«

»Grauenvoll!«, befanden sie beide gleichzeitig.

»Na ja, ob der tanzende Elvis oder der Wackeldieter vor der Windschutzscheibe geschmackvoller ist, bleibt dahingestellt«, gab Steffi zu bedenken.

Leise rieselt der Schnee ..., tönte es unaufhörlich aus den hinter riesigen Goldsternen verborgenen Lautsprechern.

»Wie wollen wir denn jetzt vorgehen?« Etwas ratlos musterte Steffi die große Halle, von der sie nur ein paar Gänge überblicken konnte, trotz der relativ späten Stunde immer noch gut bevölkert.

»Das Beste wird sein, wir trennen uns und gehen die einzelnen Gänge ab, einmal rauf, den übernächsten wieder runter«, schlug Christina vor. »Du nimmt die geraden Zahlen, ich die ungeraden. Wer zuerst wieder hier auf dieser Seite ist, wartet auf die andere. Alles klar?«

Steffi nickte und marschierte los. Vorbei an Sanitärem und Elektronischem, erwog sie sogar den Ankauf einer Schuhputzmaschine, bis sie dahinter kam, dass es sich um ein Einzelexemplar handelte, aufgestellt zur allgemeinen Benutzung.

In der Weihnachtsabteilung gab es eine große Auswahl an Christbaumständern, darunter sogar so einen, wie sie ihn erst heute morgen ausrangiert hatte – also war er doch noch nicht antik genug für den Flohmarkt.

Und dann stand sie wieder vorne und wartete auf Christina.

»Weißt du, was ein Deltaschleifer ist?«, fragte die beim Näherkommen.

»Nein. Muss ich das wissen?«

»Anscheinend gehört das zur Allgemeinbildung. Jedenfalls standen da viele Männer rum, hatten die Dinger in der Hand, und es gibt nicht mal einen Monitor, der ihnen die nötigen Erklärungen liefert.«

2

»Na und? Dafür gibt es Männer, die zu dämlich sind, mit dem Büchsenöffner eine Dose Ravioli aufzumachen.«

»Stimmt! Bei mir wohnt so einer!«

Es war zwanzig vor vier, als sie nach Inspektion der letzten beiden Gänge wieder zusammentrafen. Die Halle wurde zusehends leerer, nur vorne an den Kassen herrschte Andrang.

»Entweder haben wir sie verpasst, oder sie sind doch nicht hier gewesen!« Stöhnend sank Christina auf einen metallenen Wäschebehälter. »Ich hab mir regelrecht die Beine abgelaufen! Als Storch bin ich vorhin los, und als Ente komme ich nach Hause.«

Doch plötzlich bekam sie ganz große Augen. »Guck mal, Steffi, da hinten an Kasse 2. Ist das nicht Hannes?«

Er war's tatsächlich, und neben ihm stand Manfred und lud die Waren, nachdem sie eingescannt worden waren, von einem Wagen in einen anderen.

»Ob wir da noch was verhindern können?«

Stefanie schüttelte den Kopf. »Zu spät, Hannes zieht schon die Kreditkarte raus! – Sollen wir jetzt hingehen, oder verdrücken wir uns durch den Nebenausgang, fahren nach Hause und wissen von gar nichts? Bis die den ganzen Kram auseinander sortiert und verladen haben, sind wir längst daheim, haben Kaffee gekocht und können uns in aller Ruhe anhören, was die Herren zu ihrer Entschuldigung vorzubringen haben. Sind sie ehrlich, dann kriegen sie auch Kaffee, sind sie's nicht und kommen mit irgendeiner zusammengestoppelten

Ausrede, dann werden wir sie bis auf die Knochen blamieren!«

Das war denn doch nicht nötig gewesen. Sie gaben zu, sich zufällig im Baumarkt getroffen zu haben, und konnten ihre Begeisterung kaum verhehlen: »Bei diesem Akkuschrauber zum Kippen hat sich wirklich mal jemand was gedacht!« – »Und dieser Trockenschaum …«

»Jetzt ist aber endgültig Schluss!«, protestierte Stefanie. »Zeig mir lieber mal den Christbaumständer. Ich will wissen, ob der wirklich so gut ist, wie alle behaupten.«

Sekundenlange Stille. Dann sehr zögernd und sehr leise die Stimme von Hannes: »Den habe ich vergessen.«

Eine Woche später:

Wieder ein Samstag, und nur noch drei Tage bis Heiligabend. Der Ankauf eines Christbaumständers lässt sich nicht länger aufschieben – es wäre ja möglich, dass andere Leute auch einen brauchen, vielleicht sind die Dinger sogar schon ausverkauft …

Tatsache ist, dass man sie mittlerweile in jedem größeren Supermarkt kriegt, nur nicht da, wo Stefanie und Hannes wohnen. Was in erster Linie daran liegt, dass es dort nicht mal einen Supermarkt gibt.

Normalerweise kriegte Stefanie ihren Mann nicht mit in die Stadt, schon gar nicht so kurz vor den Feiertagen, doch er hat immer noch ein schlechtes Gewissen wegen neulich, und für die edleren Getränke ist ohnehin er zuständig; welche Frau kennt schon die feinen Unterschiede zwischen den einzelnen Whiskysorten?

Der Erwerb des Christbaumständers dauert genau siebzehn Minuten (davon entfallen elf auf das Anstehen vor der Kasse), wohingegen die ausführliche Beratung, die schließlich zum Kauf zweier Flaschen irischen Whiskeys sowie eines alten Jahrgangs kubanischen Rums führt, mit einer Dreiviertelstunde zu Buche schlägt.

Jetzt möchte Stefanie aber noch die Schuhe haben, Weihnachtsgeschenk ihres Mannes und ausnahmsweise *vor* dem Fest zu kaufen, weil am zweiten Feiertag ein hochoffizieller Besuch ansteht, und zu dem braucht Steffi Elegantes für die Füße. Der in solchen Fällen übliche Gutschein fällt flach, Schuhe muss man bekanntlich anprobieren, doch das geht diesmal nicht, am Donnerstag haben die Geschäfte noch zu.

Hannes will nicht mit rein in den Laden, bleibt lieber draußen und steckt sich eine Zigarette an. Sie ist nicht mal zur Hälfte heruntergebrannt, als Steffi schon wieder da ist. Entsetzt sieht er sie an. »Du hast ja gar keine Tüte dabei! Heißt das etwa, du willst in *noch* ein Schuhgeschäft???«

»Nicht den! Lieber den daneben!«

So um den fünfundzwanzigsten November herum sieht man die Ersten. Und zwar auf der Autobahn. Sie liegen auf großen Lastwagen mit nordischen Kennzeichen – holländische ausgenommen, diese Fahrzeuge bevorzugen unsere sommerlichen Straßen – und sind am hinteren Ende mit einer roten Fahne gekennzeichnet, weil sie über das Fahrzeug hinausragen. Die meisten rollen nach Süden und können wenige Tage später im lokalen Fernsehsender bewundert werden, wenn nämlich der Oberbürgermeister von München, Mannheim oder Knieritz a.d. Knatter feierlich den großen Weihnachtsbaum vor dem Rathaus beziehungsweise an einem ähnlich dekorativen Platz erleuchtet. Nein, nicht was Sie meinen, diesmal geht es nicht um inhaltsschwere Reden an das Volk, sondern um die hundertundetwas Glühbirnen, die das Stadtoberhaupt mittels Knopfdruck zum Aufflammen bringt und damit die offizielle Eröffnung des Weihnachtsmarktes verkündet. Der ist zwar schon seit ein paar Tagen in Betrieb, aber noch nicht mit amtlichem Segen.

Die Stromkosten für die weihnachtliche Illumination

sind übrigens ein fester Posten in den städtischen Etats, die vermutlich jedes Jahr ein bisschen aufgestockt werden müssen, weil die Lichterketten in den Straßen immer früher dekoriert werden. Ist auch logisch, die Fernsehwerbung präsentiert ihre Plätzchen backenden Engel auf dem Bildschirm ja auch schon wenige Tage nach dem Verschwinden von Sonnencreme und Eistee. Wenigstens kann niemand mehr sagen, Weihnachten käme immer so plötzlich.

Weihnachtsbäume für den Eigenbedarf gibt es erst etwas später, so um den ersten Advent herum. Da stehen sie dann auf den ihnen zugebilligten 30 qm Fläche in einer Ecke vom Supermarkt-Parkplatz, bewacht von einem in arktisches Outfit gewickelten und ständig irgendetwas Dampfendes trinkenden Mann mit Pudelmütze und Ohrenschützern. Auch bei elf Grad über Null. Muss was mit Tradition zu tun haben.

Das Kaufinteresse ist noch gering, Besichtigungen des Angebots dienen mehr der Information. »Was koscht denn der?«, fragt jemand und deutet auf eine zwei Meter hohe Nordmanntanne.

»Neunzehn Euro.«

»Letscht Johr hot er noch fuffzehn gekoscht.«

»Loggisch, do war er aach noch gleener.«

Ich habe nie einen Sinn darin gesehen, Wochen vor dem Fest einen Baum zu kaufen, der dann auf Balkon oder Terrasse abgestellt wird, ein paar Mal umfällt, weil's stürmt, je nach Außentemperatur mal Regen und dann wieder Schnee abkriegt, und wenn er schließlich ins Zimmer geholt wird, muss er zuerst mit dem Föhn abgetrocknet werden. Ein paar Zweige sind bereits angeknickt, und die ersten Nadeln fallen auch schon ab. Spätestens am Neujahrsmorgen fliegt er raus, weil er dann gar keine mehr hat.

Wer wie wir in einer ländlichen Gegend wohnt mit viel Wald drum herum, muss mit einigen Nachteilen leben, doch in christbäumlicher Hinsicht könnte es gar nicht besser sein: Wir können uns unseren Baum nämlich schon im Frühjahr aussuchen, wenn der Revierförster die Schonung zur Besichtigung freigibt. Natürlich kommt er mit, hat die Jackentasche voller Plastikbändchen nebst wasserfestem Stift, und wenn man seinen Baum-Favoriten gefunden hat, wird er namentlich gekennzeichnet. Auch wegen des späteren Wiederfindens, Tannenbäume sehen sich nun mal sehr ähnlich. Es soll auch schon mehrmals vorgekommen sein, dass jemand im Laufe des Sommers mit der Wahl seines Baumes doch nicht so recht zufrieden gewesen war und einen vermeintlich schöneren annektiert hat, indem er die Namensschilder einfach austauschte. Beweisen ließ sich das nie, Tannenbäume sehen sich nun mal … s.o.

Einwohner von hier, die für den traditionellen Sonntagsspaziergang ein Ziel brauchen, allerdings jene von den Kurgästen immer gern angesteuerten Ausflugslokale meiden, weil sie ja nachher zu Hause Kaffee trinken und selbst gebackenen Kuchen essen müssen, wählen häufig die Tannenschonung als Wendepunkt, um sich vom Wachsen und Gedeihen ihres potenziellen Weihnachtsbaums zu überzeugen. Ist Papa dabei, hat er garantiert einen Zollstock in der Tasche. »Seit dem letzten Mal hat er acht Zentimeter zugelegt! Das wird ein Prachtkerl!«

In der zweiten Dezember-Ausgabe unseres Amtsblättchens erfahren die künftigen Besitzer endlich, wann sie ihre Bäume holen dürfen. Selber absägen ist zum Leidwesen diverser Väter nicht gestattet, obwohl bei Bedarf sogar fachmännische Hilfe da wäre. Und natürlich dieses Gerät, das den Baum in einen Kokon spinnt und ihn transportfähig macht. Ausnahmsweise ist sogar der Waldweg für den normalen Autofahrer freigegeben, der dort an den übrigen 364 Tagen mit einem Knöllchen rechnen müsste. Auf diesem Weg dürfen sich nämlich nur Fußgänger bewegen oder Radfahrer und manchmal auch Reiter, doch die eigentlich nicht so gerne, weil ihre Pferde die Vorfahrtsregeln nicht beachten. Die Kollision zwischen Radler und Reiter hat sogar im Blättchen gestanden.

Wenn der letzte Besitzer seinen Baum geholt und bezahlt hat, wird die Schonung bis auf weiteres wieder geschont, das weiße Schild mit rotem Rand drum herum kommt an seinen alten Platz, und bis zum nächsten Frühling gehört der Wald weitgehend den Füchsen, Hasen und Wildschweinen. Und den Joggern, aber auch die sieht man in der kalten Jahreszeit relativ selten.

Am letzten Samstag vor Weihnachten kommen endlich jene Endverbraucher zum Zuge, die nicht ganz so naturverbunden sind und deshalb auch nicht das Bedürfnis haben, sich einmal im Monat persönlich vom Wohlergehen ihrer Tanne zu überzeugen, oder die – auch solche gibt es! – in finsterer Nacht Waldfrevel betreiben und ihren Baum einfach selber holen. Ohne Erlaubnis und erst recht ohne Bezahlung!

Der Verkauf von »frisch geschlagenen Bäumen aus heimischem Bestand« beginnt morgens um acht Uhr auf dem so genannten Festplatz, also dann, wenn es gerade erst dämmert, man aber schon Umrisse erkennen kann. Der Name »Festplatz« ist insofern etwas irreführend, als diese freie Fläche mit den Papier- und Altglascontainern am Rand normalerweise als Parkplatz ausgewiesen ist und nur dann geräumt werden muss, wenn zweimal jährlich der Vergnügungspark dort installiert wird mit Karussell, Wurfbude, Huschebahn für die Kleinen und Autoscooter für die Großen. Würstchen gibt es natürlich auch und Zuckerwatte und immer sehr laute Musik. In früheren Jahren gastierte auf dem Festplatz gelegentlich auch ein kleiner Zirkus, aber der muss jetzt nach außerhalb auf die grüne Wiese.

Der hintere Teil des Festplatzes ist durch rot-weiß gestreiftes Trassierband abgesperrt, der Eingang wird von einer mit Taschenrechner und umgehängter Geldtasche ausgerüsteten jungen Frau bewacht. Irgendwo im Hintergrund ein Trecker nebst bereits entladenem Anhänger, daneben sein noch voll gepacktes Pendant. Und Bäume. Große und kleine, eine ganze Menge mit leichter Schieflage, jedoch auch viele mit kerzengraden Stämmen, dicke, dünne – und trotzdem findet man selten auf Anhieb den richtigen Baum.

So früh am Morgen ist der Ansturm noch gering. Wer steht schon gern an einem arbeitsfreien Samstag morgens im Dunkeln auf, um ohne Frühstück (wenigstens kann man auf dem Rückweg frische Brötchen mitnehmen) auf einem zugigen Platz unter zig Tannenbäumen den einzig Richtigen herauszusuchen, der sich dann doch wieder als falsch herausstellt, weil er entweder zu lang ist oder zu breit oder wegen seines gewaltigen Umfangs erst gar nicht durch die Zimmertür passt. Haben wir alles schon hinter uns!

Für den Weihnachtsbaumkauf sind Sven und ich zuständig, obwohl wir ja doch nie den Richtigen bringen, aber wir sind die Einzigen in der Familie, die nicht nur freiwillig im Morgengrauen aus den Betten kriechen, sondern sogar bei zwölf Grad unter Null (wahlweise Nieselregen, Schneetreiben, Ostwind, Glatteis oder anderen winterlichen Freuden) vor die Tür gehen. Aber mir macht es nun mal einen Heidenspaß, meine Mitmenschen zu beobachten und zu verfolgen, nach welchen Kriterien sie ihren Christbaum aussuchen.

Da ist jener distinguierte Herr im Kamelhaarmantel, der immer im Porsche vorfährt, einen flüchtigen Blick auf das Angebot wirft – inzwischen stehen ungefähr zwei Dutzend Bäume aufrecht in einfachen Holzständern, andere lehnen nebeneinander an der Umzäunung – und sich dann zu einem anderen distinguierten Herrn gesellt, der Maserati fährt und Pelz trägt. Wahrscheinlich kennen sie sich vom Golfplatz her. Wenig später kurvt ein Kleinbus auf den Parkplatz, dem zwei Männer in weniger elitärem Outfit entsteigen und sich den beiden distinguierten Herren nähern. Die setzen sich nun auch in Bewegung, und gemeinsam nehmen sie Kurs auf das Areal mit den Prachtexemplaren von drei Meter an aufwärts. Viele sind's sowieso nicht, aber als die Herren ihre Auswahl getroffen haben, bleiben nur noch zwei übrig. Der Herr im Pelz will zahlen, zückt einen größeren Schein, die junge Frau mit der Tasche errötet zart, wird dann aber nervös, sie hat noch nicht genug Wechselgeld. Der Herr in Kamelhaar winkt ab, begleicht die nicht unbeträchtliche Rechnung für beide, worauf man sich die Hände schüttelt, gegenseitig ein frohes Fest wünscht und Grüße an die Familie ausrichten lässt. Wenig später fahren Porsche und Maserati in verschiedenen Richtungen vom Platz. Für die subalternen Tätigkeiten sind die Männer mit dem Kleinbus zuständig. Sie brauchen auch ziemlich lange, bis sie das ganze Grünzeug verladen haben. Die Baumspitzen gucken hinten raus und kriegen ein ausgeleiertes rotes T-Shirt angebunden.

Der Korrekte ist auch schon da. Er kommt immer mit zwei Zollstöcken, denn er braucht einen Baum von exakt 2,20 m Höhe, allenfalls 2,23 m, aber dann muss die silberne Christbaumspitze noch vor dem Aufstellen angebracht werden, sonst geht das nicht mehr wegen der Zimmerdecke. Und weil ein Zollstock nun mal nur zwei Meter lang ist, muss immer jemand beim Ausmessen helfen. Sven ist auch schon dran gewesen.

Allmählich kriege ich kalte Füße; außerdem ist Wind aufgekommen. Ungebremst weht er über den freien Platz und ist eisig. Den passenden Baum haben wir immer noch nicht gefunden, obwohl Sven schon mindestens ein halbes Dutzend in die engere Wahl gezogen hat.

»Komm mal her, Määm, wie find'ste den da?« Er präsentiert ein schlankes Bäumchen, das offensichtlich zwischen zwei robusteren Geschwistern aufgewachsen ist; seine Zweige breiten sich nicht wie üblich waagerecht aus, sondern stehen beinahe aufrecht. »Der nimmt bestimmt nicht viel Platz weg!«

»Abgelehnt! Das ist ein Besen und kein Baum! Stell mal den da drüben aufrecht hin! Nein, nicht den, ich meine den daneben!« Doch auch der erweist sich bei näherer Betrachtung als nicht kompatibel mit dem ihm zugedachten Platz in unserem Wohnzimmer, er hat eine zu ausladende Taillenweite. Sven will ihn zurückstellen, wird aber von einer Dame mit Nerz am Hals und High Heels an den Füßen daran gehindert. »Ach bitte, können Sie den Baum mal langsam drehen?«

Sven dreht. Erst einmal rechts herum, dann entgegengesetzt. Die Dame geht zwecks Begutachtung des Gesamteindrucks zwei Schritte zurück und landet mit dem linken Schuh prompt in der einzigen Pfütze, die noch mit einer leichten Eisschicht überzogen ist. Es knackt leise, wobei offen bleibt, ob vom Eis oder vom Absatz. Ein Herr mit Hut eilt herbei und reicht der Dame hilfreich die Hand. Sven und der Weihnachtsbaum werden nicht mehr beachtet.

Auch gut, dann können wir uns wieder um unseren eigenen kümmern.

Endlich haben wir ihn – ein bisschen zu groß, doch man kann ihn unten ja kürzen. Auf einer Seite sieht er zwar etwas räudig aus, macht aber nichts, die drehen wir zur Wand, dafür ist er vorne bildschön. Und erstaunlich preiswert. Die anderen in seiner Größe kosten meistens fünf Euro mehr.

Während Sven den Baum zum Wagen schleppt, sehe ich das recht betagte Ehepaar, das jedes Jahr seinen Handwagen vor der Umzäunung abstellt, ihm eine prall gefüllte Einkaufstasche entnimmt und dann zielstrebig jene Stelle ansteuert, wo die ganz kleinen, also gerade mal anderthalb Meter hohen Bäume stehen. Und dann beginnt das sich jedes Jahr wiederholende Ritual: Oma stellt die Tasche ab, nimmt die aufgereihten Tannen in Augenschein und deutet auf eine, worauf Opa sie ergreift und in die Mitte rückt. Jetzt holt Oma aus der Tasche eine rote Kordel. Opa hält sie an einem Ende fest, während Oma mit dem anderen Ende in der Hand den Baum umkreist. Das Band reicht nicht ganz herum, die Tanne kommt wieder an ihren Platz zurück. Erst bei der vierten klappt es. Oma nickt zufrieden, entnimmt ihrer Tasche ein paar Wachskerzen nebst Halterung, knipst sie an verschiedene Zweige, betrachtet ihr Werk und schüttelt den Kopf. »Zu eng!«, befindet sie und wartet, bis Opa einen anderen Baum ausgesucht hat.

Mit den Kerzen scheint es diesmal zu klappen, die

Zweige stehen nämlich weiter auseinander, aber alles andere kommt offenbar nicht richtig zur Geltung, oder weshalb sonst hängt Oma den mitgebrachten Baumschmuck immer wieder um und ist trotzdem nicht zufrieden. Übrigens sind die drei Teile hauchdünn, sicher noch mundgeblasen und bestimmt schon sehr alt. Aber wunderschön!

»Sie müssen doch alle richtig frei hängen können«, sagt Oma leise, »vor allem die gläserne Trompete und der Tambour.«

»Dann müssen wir eben ihre Schleifen ein bisschen verkürzen«, überlegt Opa, doch da kommt schon einer der vier Waldarbeiter auf das betagte Paar zu, in der Hand eine prachtvoll gewachsene schlanke Tanne.

»Da sind Sie ja endlich! Wir warten doch schon die ganze Zeit auf Sie!« Er reicht den beiden alten Leuten die Hand und präsentiert den mitgebrachten Baum. »Genau 152 Zentimeter hoch und 317 Zentimeter Umfang. Die Zweige haben auch den richtigen Abstand, darauf haben wir ganz besonders geachtet.«

Die alte Frau strahlt. »Vielen Dank, Herr Wolfgang, das ist arg lieb von Ihnen. Und hier habe ich Ihnen auch was mitgebracht. Und für Ihre Kollegen.« Sie zieht eine große Weihnachtstüte aus der Tasche. »Alles selbst gebacken nach einem alten schlesischen Rezept, das habe ich noch von meiner Mutter.«

Jetzt müsste eigentlich das schwäbisch-bescheidene Abwehrritual kommen, und tatsächlich: »Ha, Frau Kowalski, ich dank auch schön, aber das wär wirklich nicht nötig gewesen.« Er nimmt die Tüte aber trotzdem gern und greift wieder nach dem Baum. »Jetzt kriegt der noch ein Netz zum Transchportiere, und dann können Sie ihn heimfahren. Und koschte tut der nix!« Am ausgestreckten Arm das Bäumchen vor sich hertragend, schreitet er zum Ausgang.

Opa nimmt die Tasche auf, mit der anderen Hand ergreift er Omas Arm, und zufrieden lächelnd folgen sie ihrem Gönner.

Schräg gegenüber bricht der erste Streit aus. Es geht um ein Edelgewächs mit Silberschimmer, das aussieht, als stamme es gar nicht aus den heimischen Wäldern. Egal, zwei Paare erheben Anspruch, doch bevor es zu Handgreiflichkeiten kommen kann, wird ein fast identisches Exemplar vom erst halb entladenen zweiten Anhänger gereicht. Der Streit flammt wieder auf, denn nun wollen alle vier akkurat diesen Baum haben! Wer letztendlich welchen bekommen hat, habe ich nicht mehr mitgekriegt, denn Sven hatte inzwischen unsere sperrige Trophäe halbwegs transportsicher im Kofferraum verstaut, die offene Klappe mit Strippe fixiert und besteht nun auf sofortiger Heimfahrt mit lediglich einem kurzen Zwischenstopp zwecks Einkauf von Brötchen und Croissants.

Neben uns parkt ein Wagen der aber schon sehr gehobenen Mittelklasse, daran lehnt ein eingenetzter Baum über Normalgröße, und davor wiederum steht ein sich momentan nicht gerade liebendes Paar.

ER: »Ich weiß gar nicht, was du willst, Äliss! Ich

werde den Baum am Stamm etwas kürzen, bis er die erforderliche Länge hat.«

SIE: (Ich vermute, die Dame heißt Alice. Oder doch nur Elli? Egal, amerikanisch eingefärbt klingt's offenbar besser). »Wenn du den Baum unten abhackst, stimmen die Proportionen nicht mehr.«

ER: »Was weißt du von Proportionen! Du weißt doch nicht mal, wie sich das schreibt!«

SIE: (unbeeindruckt) »Im Gegensatz zu dir weiß ich aber, was das ist. Sonst hättest du nämlich einen passenden Baum gekauft und nicht einen, den man verstümmeln muss, um ihn passend zu machen.«

ER: (etwas kleinlaut) »Vielleicht reicht es ja schon, wenn ich die Spitze ein bisschen kappe.«

SIE: »Oder du machst es wie dein depperter Onkel Julius – alles, was zu lang ist, einfach umbiegen und an die Decke nageln!«

Mehr kriege ich leider nicht mit, weil Sven demonstrativ den Motor startet und mir nichts anderes übrig bleibt, als endlich einzusteigen. Aber den Onkel Julius hätte ich liebend gerne kennen gelernt!

Abschließend wäre noch zu bemerken, dass unser so erstaunlich preiswerter Christbaum nicht nur eine Macke hatte, sondern gleich zwei, und das in Form von zwei angeknickten Ästen.

Doch das haben wir erst gemerkt, als wir ihn nach einer Woche Kältekammer aus der Garage ins Zimmer holten und schon nach der ersten Auftauphase die beiden verdächtigen Zweige entdeckten, die dann eine Stunde später kraftlos herunterbaumelten. Dass einer davon zu der »bildschönen« Seite gehörte, sei nur am Rande erwähnt!

»Haben Sie Schneeflocken?«

Das Telefon bimmelte! Schon zum vierten Mal heute früh, und die ersten drei Male hatte immer irgendjemand irgendwas von mir gewollt. Erst sollte ich Frau Merkle an den Apparat holen, dabei kenne ich gar keine, dann hatte ich mich einer Lotto-Tippgemeinschaft anschließen sollen, und vor zehn Minuten war mir mitgeteilt worden, dass am Nachmittag das Heizöl geliefert werde. Wir haben aber Erdgas! Also meldete ich mich diesmal mit »Städtische Müllverwertungsanlage Abteilung Lametta-Entsorgung«, bekam jedoch nur ein gekichertes »das letzte Mal war's noch die Gummistiefel-Schnellreinigung« zu hören – »du bist aktueller geworden!«

»Ist doch logisch, in neun Tagen haben wir Heiligabend!«

»Eben drum ruf ich an!«, sagte meine Tochter. Und legte los: »Draußen steht eine ganze Palette mit Ware, Hannes und Maxi dekorieren irgendwo für eine Weihnachtsfeier und morgen früh für ein Firmenjubiläum, Markus hat Grippe, und ich komme kaum mal von der Kasse weg. Kannst du einspringen? Nur für zwei Tage. Oder vielleicht sogar drei …?«

Für Leser, die mit der Sanders'schen Familienchronik noch nicht vertraut sind, sei kurz erwähnt, dass Hannes seit bald zehn Jahren mein Schwiegersohn und Inhaber eines Großhandels für Floristik und Dekorationsbedarf ist und Stefanie seit dem Tag ihrer Hochzeit nicht nur seine Ehefrau, sondern in der Firma zuständig für alles, wofür Hannes nicht zuständig sein will. Ihr zur Seite stehen Maxi – deren Vorgängerin Elisabeth endlich Großmutter geworden war und die Floristik an den Nagel gehängt hatte, um Windeln zu wechseln und Fläschchen zu wärmen – und Student Markus, der allerdings nur sporadisch einsatzbereit ist, und das selten während der Semesterferien, da treckt er nämlich durch den kolumbianischen Regenwald oder durch Tibet. Immerhin studiert er Geologie. Und das schon ziemlich lange.

Am meisten vermisst wird immer noch Ludwig, jahrzehntelang »Mädchen für alles« und nunmehr im wohlverdienten Ruhestand, mit dem er aber nicht so richtig was anfangen kann. Angeblich züchtet er jetzt vierblättrige Kleeblätter, weil das mit den Pfifferlingen nicht klappen wollte, obwohl er doch die Erde aus dem Wald geholt hatte, und zwar genau von dort, wo Pfifferlinge wachsen.

»Wie sieht's denn nun aus? Kannst du?«, drängelte Steffi. »Zur Zeit lässt sich nicht mal einer unserer minderjährigen Hiwis rekrutieren, obwohl die ganz scharf sind auf einen Zuschuss zum Taschengeld, aber die büffeln jetzt alle. In den letzten zwanzig Jahren hat sich offenbar noch immer nichts an den Gepflogenheiten geändert – vor Weihnachten häufen sich in der Schule die Klassenarbeiten, das war schon zu meiner Zeit so. Und wenn ich Pech hatte, gab's die Mathearbeit mit der Vier minus noch vor den Ferien zurück.«

»Angesichts deines gespaltenen Verhältnisses zu Zahlen wundert es mich eigentlich, dass eure Firma noch nicht pleite ist! Schließlich sitzt *du* doch meistens an der Kasse!«

»Einscannen kann ich wohl grade noch!«

Ein normaler Autofahrer könnte die Strecke zwischen hier und Heidelberg in einer guten halben Stunde zurücklegen, wenn die Autobahn nicht diejenige wäre, die mit schöner Regelmäßigkeit jeden Tag mindestens acht Stunden lang in den Staumeldungen genannt wird. Natürlich gibt es auch eine Bundesstraße, doch auf der dauert es noch länger wegen der vielen kleinen Orte, die es zu durchqueren gilt, und vor allem wegen der vielen Ampeln, die bekanntlich immer auf Rot umspringen, sobald man sich ihnen nähert. Außerdem gibt es im Winter auch hier Staus wegen Neuschnee oder weil ein Führerschein-Neuling mitten auf der Kreuzung in einen Lkw geschlittert ist. Seine letzte Fahrstunde hatte er im Oktober gehabt, Glatteis auf den Straßen kannte er noch nicht.

Folglich war es beinahe Mittag, als ich auf den Parkplatz kurvte. »Na endlich!«, empfing mich meine Tochter, drückte mir den Telefonhörer in die eine Hand und in die andere einen Kugelschreiber. »Notiere mal schnell den Text! Ich muss an die Kasse!«

»Jetzt haben wir's endlich zusammen!«, freute sich die weibliche Stimme am anderen Ende der Leitung. »Sind Sie bereit?«

Ich griff noch schnell zu einem Notizblock. »Selbstverständlich.«

Und schon ging es los:

»Nun sind es schon fünfundzwanzig Jahr.
Ein dreifaches Hoch dem Silberpaar,
Und wenn ihr zusammenbleiben wollt,
dann gibt es auch mal ein Fest in Gold.«

Nachdem ich wunschgemäß den Text wiederholt hatte, bedankte sich die Stimme und meinte: »Schade, dass man das nicht auf eine silberne Schleife drucken kann, aber Sie werden schon was Passendes finden! Tschühüs!«

»Was soll das?«, wollte ich von Stefanie wissen, nachdem ich den Hörer aufgelegt hatte.

»Na, was wohl?« Steffi rekapitulierte: »Fünf Meter Dunkelblau mit silberner Schrift, damit man die Schärpe um die beiden Stuhllehnen von den Jubilaren wickeln und auch noch eine dekorative Schleife binden kann. Was also könnte das geben?«

»Ziemlich viel Arbeit bei dieser Menge Text.«

»Bingo! Aber damit kann sich Hannes nachher rumärgern. Hat die Gärtnerei Köhler für morgen geordert, hat also noch Zeit. Könntest du erst mal Ware auffüllen?

Ich hab dir schon alles runtergestellt, du musst es bloß aus den einzelnen Gängen zusammentragen. Nimm am besten gleich zwei Einkaufswagen, einer wird nicht reichen.«

Also sammelte ich kleine Schächtelchen zusammen mit goldenen Sternchen und mit silbernen Sternchen und mit bronzenen Sternchen, nur zwei Quadratmillimeter groß und als Streugut für weihnachtlich gedeckte Tische gedacht. Ein dezentes Husten, und man hat das Zeug in der Suppe! Früher genügten Kerzen auf dem Tisch und vielleicht noch ein paar Tannenzweige, heute weiß man manchmal nicht mehr, ob dieses aufgeplusterte Knäuel vor dem Teller Dekoration ist oder doch die Serviette.

Ich füllte die Nikoläuse auf und die Elche und die erstaunlich echt aussehenden Eisbeeren-Zweige, holte für eine Kundin von ganz hinten rotes Krepppapier und aus dem Keller für eine andere einen stabilen Karton, und dann kam ich zum ersten Mal ins Schwimmen.

»Kann ich Sie mal was fragen?« Vor mir stand ein etwas unschlüssig aussehender Mann in ölverschmiertem Overall.

»Natürlich.« Zunächst einmal galt es, Kompetenz vorzutäuschen.

»Sie haben da draußen Tannenzweige liegen. Wie viel kosten die?«

»Da draußen« bedeutet Außenlager, und über den sorgfältig ausgebreiteten Zweig-Bündeln sind deutlich sichtbar die jeweiligen Preise angebracht. Aber so was kann man ja mal übersehen. Also begleite ich den Mann nach draußen und lese ihm die Zahlen vor. Nur drei Sorten nadelbespicktes Grünzeug liegen hier zur Auswahl.

»Welches davon ist denn nun die Douglasie?«

Am liebsten würde ich jetzt sagen: Ist doch wurscht, warum nehmen Sie nicht die Zweige, die Ihnen am besten gefallen?, aber das geht natürlich nicht.

»Ich glaube, sie müssten einen leicht weißlichen Schimmer haben«, erläutert er.

Hat aber kein Zweig von denen, die hier liegen, die sind alle grün. »Vielleicht sind es die da hinten«, schlage ich zaghaft vor, werde jedoch sofort von einer vorbeieilenden Kundin belehrt, dass es sich dort zweifelsfrei um Nordmanntanne handelt. Auch gut, dann bleiben wenigstens nur noch zwei übrig.

»Ich habe nämlich überhaupt keine Ahnung«, sagt der Mann treuherzig, »meine Frau hat mich geschickt, weil sie so viel zu tun hat, und den Ausweis hat sie auch nicht gefunden, aber sie hat gesagt, das ist nicht schlimm, weil sie hier ja Kundin ist. Blumenhaus Elfi.«

Das erklärt natürlich einiges, hilft aber nicht weiter.

Rettung naht in Gestalt eines kleinen Mädchens. »Guck mal, Mami, die Zweige sehen genau so aus wie die von unserer Tanne im Garten. Ist das auch eine edle Tanne?«

Mami guckt und bestätigt. »Du hast Recht, Schackeliene, das ist eine Edeltanne.« Dann geht sie weiter zu den kleinen Blumentöpfen.

Edeltanne? Dann müsste logischerweise der dritte

Stapel von der Douglasie stammen, nur haben die Zweige eine frappierende Ähnlichkeit mit Kiefern. Und die kenne ich nun wirklich, in Berlin stand eine hinter unserem Haus und hat zu Omis Ärger immer die Nachmittagssonne geschluckt, obwohl es doch gerade dann bei Kaffee und Kuchen auf dem Balkon erst richtig gemütlich wurde.

So kamen wir hier draußen nicht weiter. Also wandte ich mich mit einem freundlichen Lächeln an den unwissenden Kunden. »Ich glaube, jetzt hole ich doch mal jemanden, der ein bisschen mehr Ahnung hat als wir beide zusammen.«

Mit einem zustimmenden Nicken war ich entlassen, stürmte in die Halle, fand aber nur Stefanie, die mal wieder mit der Computerkasse kämpfte. »Ar-ti-kel nicht ge-fun-den!«, tönte es blechern, was lediglich bedeutete, dass der Preis für den Schneemann versehentlich nicht eingespeichert worden war.

»Ach, kann die Kasse jetzt schon richtig mit Ihnen sprechen?«, wunderte sich jemand.

»Ja, aber nur drei Worte, mehr kapiert sie einfach nicht. – Määm, kannst du mal nachsehen …«

Ich lief los, stellte einen der ungefähr 42 Schneemänner auf den Kopf, weil unten drunter der Preis klebte, brüllte ihn nach vorne, drehte mich um und – lief genau Hannes in die Arme.

»Prima! Du kannst gleich mal mitkommen und mir zeigen, wo die Douglastannenzweige liegen.«

»Vorne links!«

»Stimmt nicht, die sind von den Nordmanntannen.«

»Das ist doch fast das Gleiche!« Sprach's und verschwand Richtung Kaffeeautomat.

»Und welche sind die Edeltannen?«, rief ich hinterher.

»Gibt's nicht! Edel sind sie alle!«, kam es prompt zurück.

Wie sehr ich doch seine geduldige und liebenswürdige Art schätze, mit der er unbedarfte Menschen an seinem Wissen teilhaben lässt!

Hoffentlich war der Kunde in der Zwischenzeit nicht schon festgefroren, draußen wurde es spürbar kälter – doch da kam er mir bereits mit zwei Bündeln entgegen. »Ich habe mich für die Nordmanntanne entschieden, es muss ja nicht unbedingt Douglasie sein.«

Das hätte er auch vorher sagen können!

Die meisten Kunden kennen sich in der Halle aus, wissen, wo sie die Tannengirlanden finden, die getrockneten Orangenscheiben, die Rosen mit dem Goldschimmer und natürlich die Christbaumkugeln. Die liegen immer im letzten Gang ganz hinten links, also am weitesten weg vom Kassenbereich, und das sind genau 63 Schritte. Oder auch 69, wenn die gewünschte Farbe die Letzte in der Reihe ist, aber wer hängt schon kakaofarbene Kugeln an seinen Weihnachtsbaum?

Die Anzahl der Schritte weiß ich deshalb so genau, weil viele Kundinnen erst beim Auspacken an der Kasse feststellen, dass ihre drei Kartons wohl doch nicht reichen werden und sie besser noch einen vierten haben sollten. »Määm, könntest du bitte mal …«

Andere Leute müssen sich mit Joggen fit halten …

Ich wandte mich wieder meinen zwei Einkaufswagen zu und begann die kleinen Laternen auf dem Tisch zusammen zu schieben, um Platz zu schaffen für goldene Teller – runde, eckige und sogar sternförmig gezackte; daneben stellte ich einen von Maxis sehr edel dekorierten Achteckigen als Beispiel dafür, was man mit diesen Tellern sonst noch machen konnte – außer davon essen.

»Määm, holst du mal drei Kartons Steckmasse runter?«

Musste das unbedingt sein?!

Unter Steckmasse versteht man dieses styroporartige Material, auf das kaum noch ein Florist bei seiner Arbeit verzichten kann. Deshalb wird eine Unmenge davon gebraucht, und folglich muss ein entsprechend großer Vorrat da sein. Aber weil das Zeug kaum etwas wiegt, lassen sich die Kartons mit jeweils zwanzig Klötzen Inhalt beliebig hoch stapeln und kommen dorthin, wo man sonst nichts abstellen könnte – nämlich auf die hintersten Regale und manchmal bis unter die Decke der Halle aufgetürmt. Das hört sich merkwürdig an, klappt aber, weil man sich die Kartons einfach zuwerfen kann; von unten zu demjenigen, der auf dem Zwischenboden steht, und wenn seine Arme nicht mehr lang genug sind, wird eine Leiter hochgereicht, und weiter geht's.

Das Problem für mich war eher, dass ich die Dinger wieder runterholen musste! Zu diesem Zweck gibt es eine überlange Bambusstange, an deren oberem Ende ein kräftiger Haken befestigt ist. Mit diesem Haken sticht man in den Karton und jongliert ihn vorsichtig abwärts. Hört sich einfach an und ist es auch, sofern man es kann. Für Sportfischer wäre es eine der leichtesten Übungen, ich gehe aber nie zum Angeln.

Möglichkeit 1: An die obersten Kartons komme ich gar nicht erst ran, also peile ich einen weiter unten an. Sobald ich ihn herausziehe, beginnen auch die darüber liegenden zu wackeln und gehorchen schließlich der Schwerkraft. Habe ich Glück, bleiben sie noch irgendwo auf dem Regal liegen, doch das geschieht selten. Meistens kippen vier oder fünf Kartons gleichzeitig runter. Auch das wäre nicht schlimm, sie wiegen wirklich kaum etwas, die Frage ist nur: *Wohin* fallen sie? In den Gang? Sollen sie ja, nur ist er relativ schmal, und auf der anderen Seite steht ein weiteres Regal mit vorwiegend zerbrechlichem Inhalt. Wenn dort so ein Karton reinknallt, gibt's unweigerlich Scherben. Also versuche ich die Kartons mit den Händen abzublocken – bin allerdings etwas aus der Übung, Handball habe ich seit fünfzig Jahren nicht mehr gespielt. Blaue Flecke sind jedoch nicht zu befürchten.

Möglichkeit 2: Der Stapel ist schon zu einem Drittel abgetragen, so dass ich mit der Stange problemlos den obersten Karton erreiche. Nach dem vierten Versuch sitzt auch der Haken. Vorsichtig ziehe ich die Stange ein – bis zur Spitze sind es knapp drei Meter – der Karton schwankt bedenklich, fällt schließlich runter und genau in die Keramik-Übertöpfe. Einer geht kaputt, zum Glück ist es der kleinste.

Möglichkeit 3: Wie vorher, nur sitzt der Karton diesmal schon beim ersten Versuch bombenfest am Haken, deshalb bin ich auch weniger vorsichtig, unterschätze die Länge der Stange und haue sie samt Anhängsel gegen die Neonröhre. Die bleibt zwar ganz, aber das Licht geht trotzdem aus.

Möglichkeit 4: Ich delegiere die Arbeit!

Natürlich nur, sofern jemand greifbar ist, an den ich sie weiterreichen könnte. Es ist aber niemand da! Ausgenommen Hannes, doch der steht oben in der Druckerei und quält sich mit fünf Metern dunkelblauem Beerdigungskranzschleifenband herum. »Bloß nicht stören!«, steht unsichtbar auf seiner Stirn. Ich werde mich hüten!

Ein Ruf aus dem Kassenbereich: »Wo bleibt die Steckmasse?«

Ja doch, verflixt noch mal, wenn ich fliegen könnte, ginge es schneller! Ausnahmsweise klappt es diesmal auf Anhieb, ich schnappe mir die drei Kartons, will sie zur Kasse bringen, werde auf dem Weg dorthin jedoch aufgehalten. »Darf ich Sie mal was fragen?«

Die Stimme ist weiblich, das kann ich hören, sehen kann ich wegen der Kartons allerdings nichts. »Augenblick bitte, ich komme gleich zu Ihnen!«

Ein hilfreicher Mensch, männlich, nimmt mir den obersten Karton ab. Jetzt kann ich wieder gucken. Wurde auch Zeit, ich hatte nämlich zielsicher den großen Engel angesteuert, der eigentlich ganz woanders stehen müsste und nicht hier mitten im Weg. Beinahe wäre er ein gefallener Engel geworden!

»Danke!« Aber der Herr ist schon wieder weg.

»Haben Sie jetzt mal einen Moment Zeit?« Die weibliche Stimme hat nun auch ein Gesicht bekommen, und das gehört einer älteren Dame, die in ihrem Einkaufswagen Tannenzweige spazieren fährt – diesmal sind's künstliche –, ein Sortiment Kerzen, kleine Kugeln und anderes weihnachtliches Zubehör. »Ich weiß nicht, wie man das alles auf den Zweigen festmachen soll.«

Ich auch nicht.

»Sonst kommt ja immer die Frau Waldmüller zum Einkaufen, aber die kann heute nicht, und ich bin doch zum ersten Mal hier.« Sie zieht einen Einkaufszettel aus der Manteltasche. »Hoffentlich habe ich alles gefunden. Können Sie mal nachsehen?«

Das zumindest kann ich. Es scheint alles zu stimmen. »Wozu wollen Sie denn die ganzen Sachen verarbeiten?«

»Na ja, irgendwie festmachen. Das soll nämlich der Tischschmuck für das Weihnachtsessen werden, aber Sie wissen ja, wie neugierig die alten Leutchen sind, fast so wie kleine Kinder. Alles müssen sie anfassen.« Und als sie meinen ratlosen Blick sieht: »Ich kaufe doch für das Altenheim ein. Aber sonst macht das die Frau Waldmüller …«

»Kein Problem, ich bringe Sie jetzt zu unserer Floristin, die kann Ihnen bestimmt weiterhelfen.«

Denkste! Maxi dekoriert immer noch für die Weihnachtsfeier und kommt frühestens in einer Stunde zurück. Egal, in der Halle herrscht momentan etwas Leerlauf, kein Mensch steht an der Kasse – wo also ist

Stefanie? Ich finde sie neben dem Kaffeeautomaten. Seitdem er auch Cappuccino ausspuckt, gibt es wenigstens *eine* trinkbare Flüssigkeit in diesem Apparat, denn im so genannten Kaffee bleibt der Löffel stehen, und die andere Alternative ist seit Wochen kaputt. Der Monteur kann aber erst nach Neujahr kommen.

Mit dem Problem vertraut gemacht, empfiehlt Steffi der Dame vom Altersheim die Verwendung von Heißkleber. »Das geht schnell und hält garantiert. Dort drüben im Eckregal finden Sie alles.«

»Ach ja, vielen Dank.«

Es dauert ziemlich lange, bevor sie wieder vor uns steht, in der Hand einen dieser Klebesticks. »Nun müssen Sie mir aber noch sagen, wie das gemacht wird! Muss man den Stab jetzt über einer Kerze erhitzen?«

Steffi guckt etwas unintelligent. »Wie meinen Sie das?«

»Na, Sie haben gesagt, das ist Heißkleber, also muss man ihn doch vorher irgendwie heiß machen …«

Erstaunlich, dass Stefanie ernst bleiben kann, ich habe mich längst umgedreht. »Dazu brauchen Sie natürlich auch noch eine Heißklebepistole, ich zeige …«

»Auf keinen Fall!«, wird sie von der mehr als empörten Dame unterbrochen, »so was kommt mir nicht ins Haus. Ich verabscheue Waffen!«

Das war der Augenblick, in dem ich einfach davongelaufen bin! Aber lange hätte Steffi auch nicht mehr durchgehalten, denn kaum hatte sich die Tür hinter der Kundin geschlossen, da begann sie schallend zu lachen.

»Wie ich mir denn das vorstellen würde, eine Pistole in einem Altersheim!«, wiederholte sie kichernd. »Ich habe hier ja schon einiges erlebt, aber dies eben war die Krönung.«

»Hast du sie wenigstens von der Harmlosigkeit dieser Waffe überzeugen können?«

»Ich glaube nicht. Sie hat zwei Tuben UHU mitgenommen.«

Und weiter geht's. Jetzt kommen jene Kunden, die in Ruhe Mittag gegessen haben und nun frisch gestärkt in die Halle stürmen. »Haben Sie noch Schneeflocken?«

Wie bitte? Es hat doch in den letzten Tagen wirklich genug geschneit!

»Drittes Querregal rechts unten!«, ruft Steffi von vorne. Sie hat ihre Ohren offenbar überall.

Also suche ich im Querregal rechts unten und finde noch zwei Packungen – eine ist schon etwas aufgerissen. Die Schneeflocken sind aus Watte und hängen an Strippen – fürs Schaufenster. Wieder was dazugelernt.

Maxi ist zurück und hat auch gleich Arbeit für mich. »Kannst du mir ein paar Kerzen andrahten? Ich hab sie dir schon raufgestellt!«

Wer bisher gerätselt hat, wie die dicken Kerzen auf Adventkränzen oder weihnachtlichen Gestecken überhaupt halten, dem sei gesagt, dass das eine ziemlich heiße Sache ist. Zu diesem Zweck muss man nämlich dünne Drahtstäbe so lange über eine Flamme halten, bis das untere Drittel vom Draht heiß genug ist, um ihn in das

Wachs schieben zu können. Klingt einfach. Ist es auch. Sofern man's kann!

Es beginnt damit, dass man den Draht erst einmal in ca. 15 cm lange Stücke teilen muss. Dazu braucht man Kraft und eine entsprechende Zange; mit der geht das zwar ganz gut, nur fliegen die abgeknipsten Teile häufig durch die Gegend und müssen gesucht werden. Alle findet man nie, die unauffindbaren hängen abends bei der Putzfrau im Scheuerlappen.

Gesetzt den Fall, man hat einen gewissen Vorrat angehäuft (pro Kerze werden vier Drähte benötigt), dann entzündet man ein Teelicht und beginnt mit dem Anglühen.

Und nun gibt es zwei Möglichkeiten: Entweder hält man den Draht nicht lange genug in die Flamme, dann ist er noch zu kalt, lässt sich nicht weit genug in die Kerze schieben und verbiegt. Geschieht das häufiger, dann reichen die vorher abgezählten Drahtenden natürlich nicht, man muss noch mal zur Zange greifen, und die Putzfrau hat später auch mehr zu tun.

Die andere Variante ist schmerzhafter. Hält man den Draht nämlich zu lange ins Feuer, dann wird er auch am oberen Ende heiß, und man verbrennt sich die Finger. Als ich endlich den Bogen raus habe und Selbstverstümmelung weitgehend vermeiden kann, werden die Kerzen flugs fertig. Maxi holt sie ab und bringt schon mal eine unechte Tannengirlande mit – zweikommafünfzig Meter lang. Und dann darf ich mit einer anderen Zange Zweiglein für Zweiglein alles das abknipsen, was

Monate vorher irgendein fingerfertiges Wesen in China Zweiglein für Zweiglein aneinander gedrahtet hat.

Weshalb man diese kleinen künstlichen Zweige, aus denen Maxi ihre wunderhübschen Gestecke bastelt, nicht einzeln und ohne Umweg über die Girlande ordern kann, haben wir noch immer nicht rausgekriegt, doch der Verdacht liegt nahe, dass man inzwischen auch im Fernen Osten die berühmten drei Hemmschuhe des Fortschritts kennt: »Das haben wir schon immer so gemacht!« – »Das haben wir noch nie so gemacht!« Und: »Da könnte ja jeder kommen …«

Ebenfalls zu meinen Aufgaben gehört das Auffüllen der Duftölfläschchen. Sie stehen in Sechserreihen hintereinander in zwei extra angefertigten Behältnissen und reichen von A = *Amaretto* bis Z = *Zedernholz*. Klingt ja alles auch einigermaßen winterlich, nur weshalb ich mich von künstlichem *Kaffeeduft* be-»ölen« lassen soll, wenn eine Tasse frisch aufgebrühter viel besser riecht, weiß ich nicht. Den Unterschied zwischen *Weihnachtsmärchen* und *Weihnachtszauber* habe ich auch noch nicht herausgefunden, beide duften nach gebrannten Mandeln, aber die Kunden schnuppern gern, und besonders dann, wenn sie vor der Kasse anstehen müssen und sowieso nichts zu tun haben. *Eukalyptus* und *Grapefruit* werden am liebsten gekauft, *Blutorange* und *Mandarine* gehen aber auch gut.

Langsam nähert sich die Uhr der magischen Zahl! Noch 23 Minuten bis Feierabend. Ein Herr stürmt durch die Tür, sieht sich kurz um, steuert auf den Dekorations-Weihnachtsbaum zu und bleibt einen Meter davor stehen. »Den will ich!«

»Kein Problem«, sagt Hannes, »ich hole Ihnen einen aus dem Lager!«

»Ich will keinen aus dem Lager, ich will den hier!«, beharrt der Herr, die Tanne umrundend. »So, wie er da steht!«

Kann ich ja begreifen, der Baum sieht wirklich wunderschön aus, vollkommen ebenmäßig und ohne eine einzige kahle Stelle. Dafür ist er auch unecht.

»Ich verbürge mich dafür, dass alle anderen Bäume genauso aussehen wie dieser hier und sich mit wenigen Handgriffen aufstellen lassen.«

Hannes hat Recht, sie funktionieren ein bisschen nach dem Prinzip Regenschirm.

Ungeduldig winkt der Herr ab. »Offenbar begreifen Sie nicht! Ich will nicht nur einen Baum, sondern *diesen* da – mit allem, was drauf- und dranhängt!«

Sekundenlanges Schweigen, dann endlich Stefanie: »Wir stellen Ihnen gern alles zusammen, womit der Baum geschmückt ist, das ist überhaupt kein …«

»Ja, glauben Sie denn, ich hätte Zeit, den ganzen Krimskrams aufzuhängen? Außerdem würde ich das nie so hinkriegen wie Sie.« Erneut umkreist er das Objekt seiner Begierde, schnalzt mit der Zunge und nickt mehrmals. »Jawohl, genau so muss ein Weihnachtsbaum aussehen! Reden wir Klartext: Was kostet er?«

»Das muss ich erst zusammenrechnen«, wehrt Steffi

ab, »ich habe die Preise für die einzelnen Artikel doch nicht im Kopf.«

Auch das ist dem Herrn egal. Es käme ihm auf einen Euro mehr oder weniger nicht an, er wolle den Baum haben, und zwar sofort.

»Und wie wollen Sie ihn transportieren?«, fragt Hannes interessiert.

»Ich lasse ihn abholen. Wie lange haben Sie heute auf?«

»Normalerweise noch elf Minuten.«

»Moment bitte.« Der Herr zieht sein Handy aus der Tasche, geht vor die Tür, redet lebhaft gestikulierend ein paar Minuten und kommt zufrieden lächelnd zurück. »Geht in Ordnung. In spätestens zwanzig Minuten ist ein Lieferwagen da und drei Mann Besatzung – zwei davon zum Festhalten.« Dann reicht er Hannes eine Visitenkarte. »Ich bin selber Geschäftsmann und weiß, dass man selten mal pünktlich aus seinem Laden rauskommt!«

Der Herr besitzt mehrere Modehäuser, und in einem davon soll morgen vor einer ausgewählten Klientel Abendgarderobe vorgeführt werden. Silvester und der Presseball im Januar werfen ihre Schatten voraus.

Steffi kriegt schon wieder lange Ohren: Presseball klingt verlockend – aber für so was ist Hannes nicht zu haben, obwohl er im Smoking durchaus respektabel aussieht.

Das Telefon klingelt. »Soll ich noch rangehen, oder haben wir schon Feierabend?«, will ich wissen, doch

Steffi hat schon abgenommen, reicht den Hörer aber gleich weiter. »Für dich!«

Sven ist dran. »Ich glaube, du wirst hier dringend gebraucht. Sascha ist überraschend gekommen, hat Bastian mitgebracht, und wenn ich mich nicht gewaltig irre, dann hat der die Windpocken!«

Sieben Minuten später war ich auf der Autobahn.

Noch eine Weihnachtsbaumständergeschichte

oder … und er dreht sich d(n)och!

Toni lässt fragen, ob du morgen ihren Dachboden entrümpeln könntest!« Bevor sie die Nudeln in die Schüssel kippte, drückte Tina ihrem heimgekehrten Ehemann einen Kuss auf die Nasenspitze. »Die Soße ist ein bisschen scharf geworden, aber gleichzeitig kochen und Kekse backen geht einfach nicht. Wenigstens habe ich noch rechtzeitig gemerkt, dass Oregano nicht in Zimtsterne gehört.«

Florian, an gelegentliche Pannen im Küchenbereich gewöhnt, sagte gar nichts, hängte vielmehr den Mantel auf einen Bügel und wechselte seine nassen Schuhe gegen ausgelatschte Slipper, die er immer woanders versteckte, damit sie nicht doch mal in der Mülltonne landeten. Seine Frau hatte etwas gegen diese Treter.

»Warum soll ich ausgerechnet mitten im Winter Tonis Dachboden entrümpeln, wenn es lausig kalt da oben ist? Und wieso überhaupt ich? Schließlich bin ich bloß angeheiratet! Soweit ich mich erinnere, hast du doch noch einen Bruder?«

»Aber nicht, wenn's um Arbeit geht.«

Das allerdings stimmte.

»Mit dem Dachboden hat es Toni deshalb so eilig, weil es zwei Straßen weiter gebrannt hat«, erläuterte Tina kauend, »die Nudeln sind ein bisschen zu weich, nicht wahr? Jedenfalls ist das ganze Obergeschoss ausgebrannt, weil die Kinder ›Stromsperre‹ gespielt haben.«

»Stromsperre???« An die Gedankensprünge seiner Frau hatte sich Florian im Laufe von dreißig Ehejahren gewöhnt, doch manchmal hatte er immer noch Schwierigkeiten, ihre Satzfragmente in einen plausiblen Zusammenhang zu bringen.

»Die Kinder von der Frau, die zwei Straßen weiter wohnt, hatten im Fernsehen einen Film über die Nachkriegszeit gesehen, also von damals, als alles knapp war und auch der Strom stundenweise abgestellt wurde und man Kerzen brauchte … na ja, das haben die Gören nachgespielt, und da muss es wohl passiert sein.«

»Toni hat keine Kinder!« Und als er das verblüffte Gesicht seiner Frau sah: »Tinchen, du wirst im nächsten Jahr neunundfünfzig!«

»Das weiß ich selber!«, blaffte sie zurück. »Was glaubst du, weshalb ich alle drei Wochen zum Nachfärben gehe? Und überhaupt sollst du nicht immer …«

»… Tinchen sagen«, ergänzte Florian den ihm nur zu bekannten Satz, »tut mir Leid, aber manchmal rutscht es ganz einfach heraus.«

Laut Stammbuch als Ernestine Pabst geboren, war sie so lange »Tinchen« geblieben, bis sie eines Tages ihrem zehn Jahre jüngeren Bruder kurzerhand alle Locken abgeschnitten hatte, nachdem der sie aus dem Laufstall heraus zum ersten Mal »Tien-ssen« gerufen hatte. Es war die erste und gleichzeitig auch letzte Tracht Prügel gewesen, die sie sich von ihrem Vater eingehandelt hatte, doch nach ihrer Ansicht hatte die sich ausgezahlt: Aus dem Tinchen war ganz schnell eine Tina geworden, und aus Pabst wurde Bender – Letzteres allerdings erst 17 Jahre später.

Ehemann Florian, stellvertretender Chefredakteur des ZEITSPIEGEL und nur noch wenige Monate von jenem Tag entfernt, an dem er mit seiner »1000-Tage-Strichliste bis zur Rente« beginnen würde, hatte noch keine Stunde bereut, dass er seinerzeit in Italien das Fräulein Pabst diesem Playboyverschnitt Klaus Brandt abspenstig gemacht und geheiratet hatte. Die statistischen 1,7 Kinder pro Ehepaar hatten sie um 0,3 Prozent erhöht, und nun waren sie seit mehreren Jahren schon Großeltern. Und trotzdem noch Kinder – behauptete jedenfalls Tina, und sie hatte ja Recht. Frau Antonie Pabst hatte erst unlängst ihren Einundachtzigsten gefeiert, was man ihr keineswegs ansah, und hielt ihre Familie weiterhin auf Trab – am liebsten per Telefon.

Gestärkt mit Bandnudeln und einer grünen Soße, über deren Ingredienzen er im Unklaren gelassen wurde, machte sich Florian auf die Suche nach dem Telefonhörer, insgeheim jener Zeit nachtrauernd, als dieses Teil noch fest am Apparat gehangen hatte und nicht irgendwo abgelegt werden konnte, wo man es nie vermuten würde. Diesmal fand er es auf der Waschmaschine.

Bei seiner Schwiegermutter meldete sich niemand. Wahrscheinlich war sie einkaufen.

Den Anruf bei seinem Schwager hätte er sich ebenfalls sparen können. Natürlich hatte Karsten so kurz vor den Feiertagen keine Zeit, sich an irgendwelchen außerberuflichen Aktionen zu beteiligen, schon gar nicht bei seiner Mutter.

»Wenn's wenigstens antik wäre, was da so bei Toni rumsteht, aber ich wette, dass du noch mein altes Kinderfahrrad findest und Tinchens Puppenwagen, in dem sie alles spazieren gefahren hat, was vier Beine hatte und reinpasste.«

»Meinst du, ich könnte einen Teil von dem ganzen Krempel heimlich verschwinden und vom Sperrmüll abholen lassen?«

»Flori, in elf Tagen ist Weihnachten, da kommt vorher niemand mehr und sammelt deinen Müll auf. Das Nächste, was von der Stadt abgeholt wird, sind im Januar die entnadelten Tannenbäume!«

»Stimmt, die schmeißt man ja neuerdings aus dem Fenster!«

»Nur in Schweden!«, erinnerte Karsten. »Wenn du sonst nichts mehr hast, womit du mir meine Zeit stehlen kannst, dann würde ich gerne weiterarbeiten. Ich muss bis zum Wochenende noch mindestens zwei Dutzend Ringe gravieren!«

»Und wann gravierst du endlich deinen eigenen?«

»Du weißt doch, Hausmannskost ist nicht mein Fall, ich speise lieber à la carte!«

»Blöder Hund!«, sagte Florian, doch da hatte sein Schwager schon aufgelegt.

»Aller guten Dinge sind drei!«, murmelte Florian kurz darauf und wählte die Nummer seines Sohnes, doch das mehr aus Gewohnheit, denn auch Tobias würde ein halbes Dutzend Ausreden finden, um sich nicht die Finger schmutzig machen zu müssen. Entsprechend groß war seine Überraschung, als Tobias sofort und beinahe begeistert seine Hilfe zusicherte. »Sagtest du Samstag?«

»Toni will zwar, dass ich morgen schon einrücke, aber in solchen Fällen vergisst sie immer, dass ich zur noch arbeitenden Bevölkerung gehöre. Ich werde mir also erst am Samstag die Ärmel aufkrempeln und bin für jede Hilfe dankbar.«

»Ich komme!«, bestätigte Tobias.

»Was ist denn los bei euch? Ehekrach? Masern? Logierbesuch? Mehr fällt mir im Moment nicht ein, was dich auf einen kalten Dachboden treiben könnte.«

»Vier Mütter, sieben Kinder und eine Oma, dabei habe ich Ulla noch gar nicht mitgezählt, obwohl ich ihr diesen Auftrieb zu verdanken habe – ›Weihnachtsbasteln‹ heißt das. Kannst du dir was darunter vorstellen?«

»Und ob! Mütter von Kindergartenkindern werden zwecks Kontaktpflege unter dem Motto ›Schmuck für den Weihnachtsbaum‹ oder so ähnlich zusammengeführt, und wer den meisten Platz zu Hause hat, wird automatisch und in Unkenntnis dessen, was ihn erwartet, Gastgeber. Und wenn genügend Strohsterne und Goldfolien-Engel gebastelt worden sind, gehen die anderen Mütter wieder nach Hause, während die Gastgeberin noch lange damit beschäftigt ist, die Farbspuren von der Tischplatte und die Klebstoff-Flecke aus dem Teppichboden zu rubbeln. Wenn sie Glück hat und ein großes Kinderzimmer, dann sieht nur *das* später chaotisch aus, denn die lieben Kleinen verlieren ziemlich schnell die Lust am Basteln und wollen lieber Lego spielen oder mit den Autos. Manche davon finden sich später auf der Gästetoilette wieder oder im Spülbecken in der Küche, und manche überhaupt nicht mehr.«

Schweigen. Und dann: »Woher weißt du das?«

»Lieber Tobias, auch du und Julia seid mal in den Kindergarten gegangen, und du kennst doch eure Mutter! Nun rate mal, wer damals Gastgeberin gewesen ist!«

»Ich kann's mir denken«, erwiderte Tobias und meinte dann ziemlich kleinlaut: »Sag mal, Papa, kann ich am Samstag eventuell bei euch übernachten?«

Als er drei Tage später in einer Art Nordpolexpeditions-Kluft auf die Haustürklingel drückte, fischte Tina gerade die Eier aus dem kochenden Wasser.

»Diesmal ist nur eins geplatzt!«, rief sie nach hinten, wo Florian noch im Bademantel am Frühstückstisch saß und den ZEITSPIEGEL las.

»Wie viel sind heil geblieben?«, fragte er zurück.

»Eins! Und du brauchst gar nicht wieder von dem

Eierkocher anzufangen, ich nehme das Ding nicht! – Kannst du mal aufmachen?!«

»Du bist doch viel näher dran!«, knurrte er, erhob sich aber trotzdem und öffnete seinem Sohn die Tür. Erstaunt musterte er ihn von der Pudelmütze bis zu den dicken pelzgefütterten Stiefeln. »Du siehst aus wie das Michelin-Männchen! Hast du was Größeres vor?«

»Wir haben Winter, auf Dachböden gibt es keine Heizung, und wann Oma das letzte Mal da oben war und frische Luft reingelassen hat, will ich gar nicht wissen. Als Erstes müssen wir nämlich die beiden Luken aufreißen, und dann wird's richtig kalt!«

»Draußen sind sieben Grad plus!«

Das ließ sich nicht widerlegen, also entfernte er ein wärmendes Kleidungsstück nach dem anderen, bis er in Thermohose und Rollkragenpullover in der Küchentür stand. »Guten Morgen, Mama.«

»Hallo, Tobi. Hast du schon gefrühstückt?«

»Nicht so richtig, bloß Müsli mit fettreduzierter Milch.«

»Ist Ulla wieder mal auf ihrem Diättrip? Hier« – sie drückte ihm den Brötchenkorb in die Hand –, »setz dich und iss mit. Willst du ein Ei?«, und als er nickte: »Die Schale ist aber geplatzt!«

»Macht nichts, die pelle ich sowieso immer ab!«

»Halt den Mund und greif zu!«, befahl Tina lachend.

Es war beinahe Mittagszeit, als die beiden Männer endlich bei Frau Antonie einrückten.

»Ich hatte mich bereits damit abgefunden, diese unerlässliche Arbeit selbst in Angriff zu nehmen, obwohl mir das mit meinen mehr als achtzig Jahren doch etwas schwer fallen würde«, sagte sie in vorwurfsvollem Ton, »doch ich habe mich trotzdem hinaufbemüht und euch eine Thermoskanne mit Rooibostee hingestellt zum Aufwärmen«, rief sie hinterher, während ihre abkommandierten Hilfskräfte die Treppen emporstiegen. »Und passt auf, dass ihr nicht die Stehlampe beschädigt. Ach ja, den Weihnachtsbaumschmuck könnt ihr später mit herunterbringen, er müsste in der Schleiflackkommode …«

Tobias schob seinen Vater durch die Speichertür und drückte sie betont laut hinter sich zu. »Sonst hört sie nie auf! Und was soll der Rooibostee! Bin ich schwanger?«

»Seit wann?«, fragte Florian interessiert.

»Das Zeug hat Ulla seinerzeit literweise in sich reingekippt. Soll sehr gesund sein und schmeckt auch so. – Wo fangen wir denn jetzt an?«

Nach einer halben Stunde hatten sie sich einen ungefähren Überblick verschafft und nach weiteren dreißig Minuten beschlossen, am besten gar nichts zu tun, sondern im neuen Jahr jemanden zu holen, der Flohmarktartikel aufkauft.

»Wenn wir kein Geld haben wollen, sondern nur zur Bedingung machen, dass der ganze Kram hier verschwindet, dann kriegen wir ihn bestimmt los.«

»Und was sagen wir Oma?«

»Das muss mir erst noch einfallen«, sagte Florian,

einen metallenen Gegenstand hinter dem alten Holzschlitten hervorzerrend. »Hast du eine Ahnung, was das hier ist?«

»Auf jeden Fall höllisch schwer«, stöhnte Tobias, während er half, das halb verrostete Teil ans Fenster zu ziehen. Vorsichtig pustete er den Staub herunter. »Erinnert mich irgendwie an einen Christbaumständer.«

»Dazu wiegt das Ding zu viel!« Florian kniete sich hin, um seinen Fund genauer untersuchen zu können. »Du könntest trotzdem Recht haben, Tobi, da ist 'ne Halterung, aber auch noch was Schweres innen drin. Und ein Schlüsselloch.«

Nun sah sich auch Tobias diesen merkwürdigen Gegenstand genauer an und wurde plötzlich ganz aufgeregt. »Du – das ist tatsächlich ein Christbaumständer, und zwar ist er mit einer Spieluhr kombiniert. Wenn man die aufzieht, dann orgelt sie irgendein Weihnachtslied, und dazu dreht sich der Baum. Ich hab das mal vor ein paar Jahren auf einer Ausstellung gesehen, aber nur als Dekoration, so was wird ja gar nicht mehr hergestellt. Ob das Ding hier noch funktioniert?«

»Wenn du den Rost abgeklopft, eine Kanne Öl hineingekippt, den Schlüssel gefunden und den Mechanismus zum Laufen gebracht hast, dann gibt es vielleicht wirklich ein paar Töne von sich, aber darauf verlassen würde ich mich nicht«, sagte Florian und wischte die schmutzigen Hände an seiner Hose ab. »Komm, lass uns gehen und deiner Großmutter beibringen, dass wir zum Entrümpeln einen Möbelwagen brauchen. Vielleicht hat sie sich inzwischen auch wieder beruhigt, es wird ja nicht jede Woche irgendwo in der Umgebung ein Dachboden abgefackelt.«

»Was meinst du, Papa, ob ich den Ständer mitnehmen kann?«

»Offiziell nicht. Wenn Toni das Ding bei dir sieht, deklariert sie es sofort als Antiquität und rückt es nicht mehr raus. Gib mir das Innenteil, sonst wird das Ganze zu schwer für dich, und dann legst du deinen Anorak drüber.«

Das war neun Tage vor Heiligabend.

Sechs Tage vor Heiligabend wollte Tobias von seinem Vater die Adresse eines Schlossers haben, der Schlüssel anfertigt.

»Das macht jeder Schlüsseldienst, und davon gibt es Dutzende. Guck doch ins Branchenbuch!«, brüllte Florian ins Telefon, denn er fühlte sich gestört. Das fühlte er sich immer, wenn er über dem Leitartikel für die morgige Ausgabe brütete.

»Ich meine doch einen richtigen Schlosser, der noch weiß, wie man einen Schlüssel macht, wenn man keine Vorlage hat.«

»Du sprichst in Rätseln, mein Sohn!«

Ein tiefer Seufzer kam durch den Hörer. »Du kapierst aber auch gar nichts! Ich habe ein Schloss und keinen Schlüssel dazu, brauche aber dringend einen.«

»Weißt du was, Junge? Kauf dir ein neues Schloss, das ist garantiert viel billiger, und den Schlüssel gibt's gratis dazu!«

»Danke, darauf wäre ich nie gekommen!« Tobias knallte den Hörer auf die Gabel, nahm ihn jedoch nach ein paar Minuten wieder auf und tippte dieselbe Nummer ein zweites Mal ein.

Diesmal dauerte das Gespräch wesentlich länger, dann hatte er, was er wollte, aber er hatte auch das, was er eigentlich nicht gewollt hatte: noch einen Mitwisser! Ihm reichte schon sein Onkel, doch auf dessen Mithilfe hatte er nicht verzichten können. Immerhin hatte Karsten diese alte Spieluhr wieder hingekriegt, und das hätte er, Tobias, nie geschafft. Dafür hatte er für die äußere Schönheit gesorgt, hatte in stundenlanger Arbeit den Rost entfernt, die Eisenteile lackiert, die runde Scheibe mit dem Aufsatz immer wieder neu justiert – es fehlte nur noch ein entsprechend langer und stabiler Schlüssel, mit dem man das Kunstwerk in Bewegung setzen konnte. Karstens Provisorium würde einen Dauereinsatz nicht überstehen.

Vier Tage vor Weihnachten – genauer gesagt, vier Abende vor Heiligabend – lag Tina in der Badewanne, umgeben von einem halben Dutzend Teelichten sowie zwei Duftkerzen Typ Sandelholz, hörte vom CD-Player Nostalgisches und schob sich eine Marzipankartoffel nach der anderen in den Mund. Sie war mit sich und der Welt zufrieden. Kein großes Familientreffen diesmal, Heiligabend im engsten Kreis mit nur acht Personen, am ersten Feiertag kein Schlachtfeld in der Küche, sondern ein von Karsten reservierter Tisch im Schlossturm-Restaurant und am zweiten Feiertag mit Toni in die Oper zum Rosenkavalier, Abendessen inklusive. Übrigens ohne Florian, der war früher mal bei Rigoletto eingeschlafen und durfte seitdem nicht mehr mit; ein Verbot, dem er sich nie auch nur versuchsweise widersetzt hatte.

Was Tina allerdings am meisten überrascht hatte, war die Ankündigung gewesen, sie sei diesmal auch vom Schmücken des Weihnachtsbaumes befreit, denn das würde er selbst mit der Hilfe von Karsten und Tobias übernehmen. Bedingung sei allerdings, dass Tina nach dem Mittagessen zu ihrer Mutter gehen und gemeinsam mit ihr warten solle, bis man sie beide abholen werde.

»Muss das sein?«, hatte sie gefragt. »Dann wird Toni wieder tränenklüterig, und ich muss mir noch mal sämtliche Weihnachtsfeste anhören von vor der Währungsreform bis zum ersten Heiligabend ohne Paps. Kann ich nicht stattdessen bei Ulla und den Kindern warten?«

»Nein, dann haben *wir* nämlich Toni hier herumsitzen, und das fehlte noch! Außerdem wäre unsere Überraschung dann keine Überraschung mehr.«

Normalerweise hatte Tina gar nichts gegen Überraschungen, doch wenn sich plötzlich drei Männer zusammenschlossen, deren weihnachtliche Interessen bisher mehr im kulinarischen Bereich gelegen hatten als im ideellen, dann schien ihr eine gewisse Portion Misstrauen angebracht. »Was soll überhaupt diese ganze Geheimniskrämerei?«

»Arbeitsentlastung!«, hatte Florian gesagt, und nun

hoffte Tina nur, dass ihr Mann unter diesem Begriff das Gleiche verstand wie sie.

»Also gut«, hatte sie gesagt, »aber zum Baumschmücken gehört auch das spätere Aufräumen einschließlich Tannennadeln-Aufsaugen. Nicht zu vergessen die Beleuchtungsprobe! Ab sechzehn Uhr haben nämlich alle Geschäfte zu!«

»Du wirst dich wundern!«, hatte Florian versprochen, und genau das war es, was Tina insgeheim befürchtete.

Heilig Nachmittag, 14.11 Uhr.

»Endlich ist sie weg!« Florian umklammerte mit einer Hand den Telefonhörer, während er mit der anderen die Nordmanntanne ins Zimmer zerrte. »Ihr könnt einreiten, und zwar sofort, sonst werden wir nie fertig! Ich kann den Baum ja noch nicht mal aufstellen!«

Karsten sicherte umgehendes Erscheinen zu, vertraute für die restlichen zwei Stunden seinem langjährigen Mitarbeiter das Geschäft samt Schlüssel und der noch nicht abgeholten gravierten Ringe an, zog seinen Neffen aus der Werkstatt und schob ihn in den Porsche. Es war übrigens der fünfte und gerade mal acht Wochen alt. Karsten liebte Sportwagen, was bei Männern nichts Außergewöhnliches ist, aber zu Florians heimlichem Groll konnte er sich dieses teure Spielzeug sogar leisten – kein Wunder, mit zwei Juwelierläden im Hintergrund.

»Du musst noch mal umkehren!«, sagte Tobias, als Karsten bei Gelb über die Kreuzung gebrettert war. »Wir haben den Ständer vergessen!«

»Du bist ein Trottel!«, war alles, was Karsten mit zusammengebissenen Zähnen herausbrachte, bevor er wendete und in halsbrecherischem Tempo zurückfuhr.

14.42 Uhr.

»Wo bleibt ihr denn?«, begrüßte Florian seine Mannen. »Seid ihr zu Fuß gekommen?« Und als er das grimmige Gesicht seines Schwagers sah: »Hast du deine schwarze Flunder etwa um ein Stoppschild gewickelt? Die ignorierst du doch grundsätzlich.«

»Ich bin schuld!«, sagte Tobias, den in sattem Dunkelgrün schimmernden Christbaumständer zu Boden lassend. »Hör mal!« Er betätigte einen kleinen Metallriegel, und sofort röhrte und schepperte es im Innern des Ständers, bevor eine Melodie zu erkennen war, nämlich *Oh Tannenbaum.* »Das klappert nur am Anfang, dann hört es wieder auf.«

»Etwas gewöhnungsbedürftig«, meinte Florian, »aber Toni wird's bestimmt gefallen.« Dann unterzog er den Ständer einer genaueren Prüfung. »Und wo kommt nun der Baum rein? Dort, wo Platz wäre, sitzt doch diese Spieluhr.«

»Abwarten!« Karsten öffnete den mitgebrachten Karton, entnahm ihm eine blank polierte Metallscheibe und setzte sie vorsichtig auf die Öffnung. »Passt!«, meinte er nur und steckte in die am Rand eingestanzten Löcher ein konisch zulaufendes Eisengitter. »Jetzt hol mal den Baum!«

Der war über zwei Meter lang, herrlich gewachsen

und viel zu groß. »Hätte er nicht zwei Nummern kleiner sein können?«, moserte Tobias. »Dieses Gewicht schafft der Motor nicht!«

»Wir hatten immer einen Baum bis zur Decke!«

»Aber nie einen, der sich dreht!«

15.21 Uhr.

Der um die Hälfte gekürzte Baum ragte endlich kerzengerade aus dem Ständer, unten rechts und links durch kleine Holzstückchen gestützt. Florian überprüfte noch einmal die Standfestigkeit. »Der hat zwanzig Euro gekostet, jetzt ist er nur noch die Hälfte wert!«

»Dann konserviere die andere Hälfte fürs nächste Jahr«, empfahl Karsten. »Tobi, jetzt kommt der spannende Moment! Dreht er sich, oder dreht er sich nicht?«

Er drehte sich nicht! Tobias schob den kleinen Riegel hin und her, beklopfte den Ständer von allen Seiten, rüttelte vorsichtig am Baum – es tat sich nichts. Bis Florian die Frage in den Raum stellte, ob man dieses Uhrwerk nicht vielleicht mal aufziehen sollte.

»Ich bin ein Trottel!«, sagte Tobias, worauf ihn sein Onkel daran erinnerte, dass er diese Feststellung heute schon einmal getroffen hatte und es nunmehr bewiesen war. Doch nachdem Tobias mit dem großen, für eine astronomische Summe handgefertigten Schlüssel das Uhrwerk aufgezogen hatte, drehte sich der Baum, fast ohne zu scheppern, ganz gemächlich zu den leicht rostig klingenden Tönen von *Ihr Kinderlein kommet.*

»Wie viele Lieder sind denn da drauf?« Florian

schleppte Tüten heran. »Wenn ich das richtig in Erinnerung habe, müssen wir nämlich singen, darauf besteht Toni doch jedes Mal. Sonst ist es meistens bei *Stille Nacht* geblieben, aber wenn diesmal sogar Musikbegleitung dabei ist …« Er reichte seinem Sohn zwei Tüten. »Hier, fummle mal die Kerzen in die Halter, aber pass auf, dass sie fest sitzen. Es war gar nicht so leicht, diese altmodischen Dinger zu kriegen, heutzutage hat doch jeder Lichterketten, die gehen immer erst nach ein paar Jahren kaputt, und man muss lediglich Ersatzbirnen im Haus haben.«

Karsten hatte inzwischen die anderen Tüten geöffnet. »Was soll denn das alles? Zuckerkringel? Engelchen?? Holzfiguren??? Plastikäpfel??? Goldene Nüsse??? Jetzt fehlt bloß noch Lametta!«

»Das ist in der grünen Tüte«, sagte Florian und grinste. »Wenn wir schon auf dem Nostalgie-Trip sind, dann aber auch richtig, und zu einem altmodischen Weihnachtsbaum gehört Lametta. Leider gibt es keins mehr wie früher, das so schön schwer von den Zweigen hängt; das heutige Zeug ist viel zu leicht und flattert bei jedem Luftzug.«

»Bevor wir anfangen, müssen wir den Baum erst mal auf einen Tisch stellen, hier unten auf dem Boden rennt doch jeder dagegen!« Tobias robbte rückwärts unter den Ästen hervor. »Außerdem will ich nicht dauernd drunterkriechen müssen, um die Spieluhr aufzuziehen.«

Das war einzusehen. Und nachdem Florian den Beistelltisch neben dem Sofa leer geräumt, herangetragen und mit einer viel zu großen Decke versehen hatte, die erst nach vielen vergeblichen Versuchen in eine halbwegs dekorative Form gebracht war, kamen Baum nebst Ständer auf den vorgesehenen Platz.

Das war um 16.02 Uhr, und somit war es Zeit für eine kleine Pause mit einem schönen kühlen Bierchen. Das hatten sie sich jetzt aber auch verdient!

Fünfzig Minuten und zwei Telefonanrufe später (Nr.1: »Wie lange dauert das denn noch?«, und Nr.2: »Toni will wissen, ob ihr den Heringssalat mit Äpfeln wollt oder ohne!«) waren endlich die Kerzen am Baum, allerdings ziemlich dicht am Stamm; außen waren die Äste zu schwach gewesen und hatten sich nach unten gebogen.

»Jetzt verteilt endlich den anderen Kram«, befahl Florian, »ich hole mal was zu trinken.«

»Dann bring Draht mit oder irgendwas anderes, womit man die Sachen festmachen kann.« Ratlos drehte Karsten eine Nuss in den Händen. »Da sind ja nirgends Aufhänger dran!«

Als der dritte Anruf kam (17.35 Uhr), waren die drei Männer immer noch mit Minibohrer, Heißklebe-Pistole und weiteren ungewöhnlichen Hilfsmitteln dabei, Löcher in die Plastikäpfel zu bohren und Fäden durchzuziehen, Rauschgoldengel auf die Zweige zu kleben und mit dem Föhn die Zuckerkringel voneinander zu lösen, denn Florian hatte ausgerechnet diese Tüte auf den Heizkörper gelegt. Unterstützt wurde das Heimwerkeln von einem schönen, kühlen Bier.

Der nächste Anruf kam von Ulla. »Wir fahren jetzt ab«, sagte sie, »die Kinder sind nicht mehr zu halten.«

»Dann seid ihr ja in zwanzig Minuten hier?«, entsetzte sich Florian. »Das ist doch viel zu früh! Am besten fahrt ihr erst mal bei Toni vorbei, Tina ist auch da, dann unterhaltet ihr euch noch ein bisschen, im Fernsehen läuft bestimmt wieder *Der kleine Lord*, das hat den Kindern doch jedes Jahr so gut gefallen, und danach kommt ihr alle zusammen her.« Bevor seine Schwiegertochter protestieren konnte, hatte er den Hörer schon aufgelegt.

»Können wir sie nicht in die Kirche schicken?«, schlug Karsten vor. »Dann hätten wir noch eine gute Stunde Zeit gewonnen.«

»Da macht Toni nicht mit. Sie sagt immer, Heiligabend gehen nur die Leute hin, die sonst nie kommen, und zu denen gehört sie nicht.«

»Also gut, dann machen wir eben Schluss!« Tobias hängte zwei weitere Äpfel an den Baum, klebte einen schon wieder umgekippten Engel fest, trat ein paar Schritte zurück und betrachtete das Gesamtwerk. »Bisschen dilettantisch – mal abgesehen von dem Dreh-Effekt, der nachher hoffentlich noch funktionieren wird …«

»Das Silberne fehlt ja noch!« Florian griff zur grünen Tüte und drückte jedem ein Lametta-Päckchen in die Hand. »Einer fängt rechts an, der andere links, ich nehme die Vorderseite, und hinten brauchen wir sowieso nichts, da steht der Baum ja an der Wand.«

Um 18.15 Uhr waren die gröbsten Spuren handwerklichen Wirkens beseitigt, die herabgefallenen Tannennadeln aufgesaugt, und die paar Tropfen Klebstoff auf dem Parkett sah man nur, wenn man ganz genau hinguckte. Die benutzten Gläser standen in der Spülmaschine, die leeren Flaschen im Keller, und wo der nun zweckentfremdete Beistelltisch hingehört hätte, parkte Karsten noch schnell die Yuccapalme.

»Wie Weihnachten sieht das alles gar nicht aus«, befand Tobias, der immer noch über den Baumschmuck nachgrübelte, »eigentlich mehr nach Silvester. Und mit den Proportionen stimmt auch was nicht. Sieh mal genau hin, Papa!«

Papa sah hin und fand nichts, was er nicht vorher schon gesehen hätte. »Ich weiß nicht, was du meinst.«

»Erinnert dich der Baum nicht an etwas ganz Bestimmtes?«

Florian gestand, dass er sich an nichts Bestimmtes erinnern konnte. »Woran denn?«

»An die Dame ohne Unterleib!«

Heiligabend, 19.11 Uhr.

Die beiden Kinder stürmten ins Haus mit Zielrichtung Wohnzimmer, wurden jedoch von dem Wache haltenden Florian gestoppt. »Erst mal Hände waschen!«

»Wir haben doch gar nichts angefasst!«, empörte sich Tanja.

»Egal! Wenn man von draußen reinkommt, wäscht man sich die Hände!«

Sie trabten ab, waren jedoch wenig später mit triefenden Händen wieder da. »Können wir jetzt rein?«

»Nein! Ihr wartet!«

»Worauf denn, Opa? An den Weihnachtsmann glauben wir doch sowieso nicht mehr, dazu sind wir zu alt!«

»Dann seid ihr auch alt genug zu warten, bis alle da sind! Also verschwindet! Ich rufe euch schon, wenn's so weit ist.«

Das allerdings dauerte noch eine Weile, was ausnahmsweise mal nicht an den so oft verleumdeten Frauen lag, sondern an den Männern, und hier wieder an Karsten und Tobias. Sie hatten nämlich das Schlafzimmer blockiert und suchten in Florians Schrank nach Hemden und Hosen. Erst unter Frau Antonies strafenden Blicken war ihnen bewusst geworden, dass sie zwar an so ziemlich alles gedacht hatten, sogar an die Geschenke, nur nicht an frische Wäsche und – viel schlimmer – an die dem festlichen Anlass entsprechende Garderobe.

Ein energisches Klopfen unterbrach die Modenschau, dann ging vorsichtig die Tür auf. »Wenn ihr nicht in drei Minuten unten seid, ist Weihnachten gelaufen!«, meldete Tina. »Toni wollte schon ein Taxi bestellen, aber Florian hat noch rechtzeitig den Telefonstecker gezogen, Tanja plärrt und will auch nach Hause, weil sie Angst hat, ihr Goldhamster stirbt, den hat sie nämlich vorhin zu füttern vergessen, Tim guckt eine wenig christliche Ballerei im Fernsehen, und ich bin kurz vorm Verhungern. Das wäre vorsätzliche Körperverletzung mit Todesfolge und kostet mindestens sechs Jahre ohne Bewährung!«

In drei Minuten schafften sie es natürlich nicht, obwohl Karsten erst auf dem Weg nach unten den letzten Hemdenknopf schließen konnte, doch dann begrüßte er seine Mutter zuerst mit einem formvollendeten Handkuss, bevor er sie liebevoll umarmte und ihr ein frohes Fest wünschte. Er wusste nur zu gut, wie man Frauen einwickelte, egal, ob sie zwanzig waren oder achtzig.

Tina bat zum Essen, was sich nach einem Vier-Gänge-Menü anhörte und doch nur aus verschiedenen Salaten bestand, denn Frau Antonie pflegte abends lediglich etwas Leichtes zu sich zu nehmen; es sei ungesund, den Magen vor dem Schlafengehen zu belasten. Ihre Fernsehnahrung in Form von Chips, Salzgebäck und Erdnüssen zählte nach ihrer Auffassung nicht zu den Nahrungs-, sondern zu den Genussmitteln, und ein bisschen Genuss am Abend sollte man sich doch gönnen dürfen, nicht wahr?

Endlich war es so weit! Oder doch noch nicht? Das Triumvirat verschwand im Wohnzimmer, nicht ohne vorher noch um einen Augenblick Geduld gebeten zu haben, und dann begann hinter der immer noch verschlossenen Tür hektisches Treiben. Niemand hatte an Streichhölzer gedacht, schon gar nicht an diese langen Kaminhölzer, mit denen man wenigstens drei oder vier Kerzen hätte anzünden können. Es gab nur ein Feuerzeug.

»Habt ihr ein Mikadospiel?«, wollte Tobias wissen.

Florian schüttelte den Kopf. »Glaube ich nicht, und wenn, dann sind bestimmt nicht mehr alle Stäbchen da.«

»Oh lieber Himmel, ich will doch nur …«

»Schaschlikstäbchen!«, rief Karsten dazwischen. »Die gibt's doch in jeder Küche.« Und schon war er weg.

Tobias kontrollierte noch einmal, ob die Spieluhr auch bis zum Anschlag aufgezogen war (sie war es), Florian reihte die Sessel nebeneinander auf, Blickrichtung Weihnachtsbaum, dann war auch schon Karsten mit den Schaschlikstäbchen zurück. Gemeinsam zündeten sie die Kerzen an, Tobias schob den Sperrriegel zurück, die Spieluhr setzte sich scheppernd in Bewegung, der Baum begann sich zu drehen, Florian öffnete einladend die Tür – und so warteten sie gespannt auf die Reaktion ihrer Lieben.

Die fiel sehr unterschiedlich aus.

»Whow! Echt geil!«, schrie Tim, stürzte auf den Baum zu und konnte gerade noch von seinem Vater zurückgehalten werden.

Tanja sagte gar nichts, hörte nur einen Augenblick zu und legte los: »… nachtlich glänzet der Wald, freuet euch, Christkind kommt bald. – Isses nu zu Ende?«

Es war nicht zu Ende, es schepperte im Gegenteil noch ein bisschen lauter, bevor das nächste Lied begann: *Morgen, Kinder, wird's was geben …*

Ulla murmelte ein: »Ach, wie originell! Mal ganz etwas anderes«, während es Tina zunächst die Sprache verschlagen hatte. Schließlich fiel ihr nichts anderes ein als: »Der sieht aber mickrig aus! Und warum habt ihr die eine Seite so kahl gelassen?«

Das hatte sich Florian allerdings auch schon gefragt, bis ihm eingefallen war, dass er selber ja behauptet hatte, die rückwärtige Seite des Baumes würde niemand sehen und deshalb könne man sich das Dekorieren sparen.

Nur Toni schien restlos glücklich. »Nein, wenn das der Ernst noch erlebt hätte«, sagte sie eins ums andere Mal, »gleich nach dem Krieg hatte er den Christbaumständer gekauft oder eigentlich getauscht auf dem schwarzen Markt gegen Oma Marlowitz' karierten Morgenrock, da waren ja schon die Motten drin gewesen, das weiß ich noch ganz genau. Und den Weihnachtsbaum hat er heimlich im Wald abgesägt, kaum einen Meter groß war er …«

»Na, der hier ist auch kaum größer!«, murmelte Tina. »Habt ihr den wenigstens billiger gekriegt?«

»Ein größerer wäre zu schwer für das Uhrwerk geworden«, erklärte Tobias geduldig, »da haben wir gedacht …«

»Die Kerze auf dem dritten Zweig von oben tropft!«, unterbrach ihn Tina. »Und die darunter steht schief. Jetzt ist sie weg, aber wenn die Seite wieder nach vorne kommt, müsst ihr sie aufrichten.«

»Also mit dieser Überraschung habt ihr mir eine ganz, ganz große Freude bereitet«, beteuerte Frau Antonie immer wieder, sich eine Träne aus dem Auge wischend. »Wenn das der Ernst noch erlebt hätte …«

»Wenigstens *eine* Person haben wir glücklich gemacht«, flüsterte Florian seinem Sohn ins Ohr, »bei den anderen hält sich die Begeisterung ziemlich in Grenzen.«

»Können wir nun die Geschenke auspacken?« Tanja hatte bisher fleißig mitgesungen, doch bei »Oh du fröhliche, oh du selige, Gaben bringende Weihnachtszeit …« war ihr wieder eingefallen, dass der wichtigste Teil des Heiligen Abends noch gar nicht angefangen hatte.

»Aber natürlich, mein Kind«, gestattete Frau Antonie, »doch vorher zieht der Papa noch mal die Uhr auf, ja?«

Also stellte Tobias mit dem kleinen Hebel zunächst das Uhrwerk ab, nahm den Schlüssel vom Fensterbrett, steckte ihn in das Schloss und drehte ihn langsam ein ums andere Mal herum, bis es nicht mehr ging. Vorsichtig löste er die Sperre, und prompt fing der Baum wieder an, sich zu drehen, die Spieluhr setzte dort ein, wo sie aufgehört hatte, nämlich mit … *starr liegt der See*, Frau Antonie bedauerte erneut, dass ihr Ernst das alles nicht mehr erleben konnte, und dann plötzlich geschah es: Zuerst eierte die Spieluhr, dann wurde die Musik schneller und mit ihr der Baum. Die Scheibe, auf der die Halterung für den Baum befestigt war, rotierte immer heftiger, der erste Rauschgoldengel segelte durch das Zimmer, mehrere Nüsse folgten, die Kerzen hielten zwar noch, zogen jedoch schon kleine Feuerschweife hinter sich her, während die Lamettafäden bereits waagerecht von den Zweigen abstanden.

»Tobias! Mensch, so tu doch endlich was«, schrie Florian, »halt dieses verrückt gewordene Gewächs endlich an!«

Tobias tat ja schon! Mutig war er in geduckter Haltung zum Baum gespurtet, hatte sich hingekniet und nach dem Hebel getastet, mit dem er den Mechanismus abstellen konnte. Er fand ihn auch sofort, schob ihn ganz nach hinten und – hatte das Metallstück in der Hand.

Entsetzt starrte er es an. »Abgebrochen! Das Ding ist einfach abgebrochen!«

»Ja, und?« Fassungslos starrte Florian auf den Baum, der immer schneller wurde und außer seinen Nadeln schon so ziemlich alles andere abgeworfen hatte. Tina war es mit der Zimmerpflanzen-Gießkanne gelungen, die meisten Kerzen zu löschen, aber ein paar hielten sich immer noch wacker an ihren Zweigen.

»Warum benutzt du nicht den Schlüssel?«, fragte Ulla. Ihr schien die Sache sogar heimlich Spaß zu machen, vermutete Tina, sie grinst so schadenfroh, na ja, sie hat ja auch nicht die ganze Schweinerei am Hals und nachher den Ärger mit der verrußten Wand und den kleinen Brandlöchern im Teppich.

»Der Schlüssel ist nur zum Aufziehen da«, erläuterte Tobias kläglich. »Abstellen kann ich damit nichts. Wir müssen warten, bis die Spieluhr abgelaufen ist, das kann ja nicht mehr lange dauern.«

Kurzes Aufatmen. Florian sammelte das Lametta aus seinen Haaren, Tim und Tanja zogen die noch immer eingewickelten Geschenke aus der möglichen Gefahrenzone, Karsten, der inzwischen seine Digitalkamera geholt hatte, knipste ein Bild nach dem anderen herunter, nur Frau Antonie hatte alles irgendwie noch nicht so richtig wahrgenommen. »Ich weiß nicht, was ihr da falsch gemacht habt, bei Ernst ist so was nie passiert.«

Und dann wurde es plötzlich ganz still. Abrupt hatte die Musik aufgehört, die Tanne drehte sich nicht mehr, sie verlor durch den plötzlichen Stopp lediglich den Halt.

»Volle Deckung!«, brüllte Florian, und dann verbeugte sich der Baum auch schon und kippte im Zeitlupentempo nach vorne. Der oben auf der Spitze befestigte extragroße Engel landete genau in Frau Antonies Schoß, zusammen mit ein paar angekokelten Lamettafäden. Sekundenlang sagte sie gar nichts, dann stand sie langsam auf und besah sich nachdenklich das Weihnachtsbaumfragment. »Ein Glück, dass Ernst das nicht mehr erlebt hat …«

Bauanleitung

Es ist schon ein paar Jahre her – präzise ausgedrückt: nahezu vier Jahrzehnte! –, da stand auf den Weihnachts-Wunschzetteln der Kinder statt der heutigen DVD-Player, Computerspiele und neuesten Handy-Modelle an oberster Stelle: Carrera-Rennbahn. Natürlich nur bei den männlichen Nachkommen, kleine Mädchen wollten damals Barbies haben nebst dem ganzen rosa Zubehör, eine Puppenstube und allenfalls noch ein Fahrrad, ein besonders gern zu Weihnachten geäußerter Wunsch, wenn das chromblitzende Prachtstück nicht mal vor der Haustür ausprobiert werden kann, weil entweder Neuschnee liegt oder dreißig Zentimeter hoher Matsch.

In jenem Jahr also wünschte sich der damals sechsjährige Sascha nichts sehnlicher als eine Carrera-Bahn, während sein Vater genauso sehnlich versuchte, ihm diesen Wunsch auszureden. »Solch eine Rennbahn ist einfach zu teuer, und du hast noch zwei Geschwister, die auch ein Weihnachtsgeschenk haben möchten.«

Sascha sah das ein, hatte aber auch sofort ein Gegenargument. »Glaubst du etwa, Sven würde nicht damit spielen wollen?« Und nach einem Moment intensiven

Nachdenkens: »Dann kriegen wir die Bahn eben zusammen, aber mir gehört sie ein bisschen mehr, weil ich sie mir ja auch gewünscht habe.«

Saschas Pech war nur, dass sein zwei Jahre älterer Bruder sich weder für Autos noch gar für eine Rennbahn interessierte, sondern endlich ein Aquarium haben wollte. Sein Goldhamster Karlchen – es war der vierte oder fünfte dieser Gattung, seine Vorgänger hatten immer relativ früh das Zeitliche gesegnet – hatte sich als ausgesprochener Langweiler entpuppt, der entweder fraß, schlief oder sein Laufrad traktierte. Wohl hauptsächlich deshalb hatte Sven seit dem letzten Zahnarztbesuch seine Liebe zu Fischen entdeckt. Die zu beobachten sei hundertmal interessanter als Karlchens nächtliches Gestrampel, außerdem seien Fische viel schöner, und welche essen würde er jetzt ganz bestimmt nicht mehr.

»Ich habe dir noch nie einen gebratenen Schleierschwanz auf den Teller gelegt«, gab ich zu bedenken und erinnerte ihn an seine Vorliebe für Kartoffelsalat mit Fischstäbchen.

»Dann kannst du mir ja von jetzt ab immer eine Bratwurst machen!«

Da sich aber seine Geschwister dem Fischboykott nicht anschließen wollten, ließ sich Sven nach dem zweiten Mal Bratwurst davon überzeugen, dass zwischen einem Guppy und einem Schellfisch doch erhebliche Unterschiede bestehen.

Die Lust auf ein Aquarium war dadurch allerdings noch gestiegen.

Nur Steffi war wunschlos glücklich, besah sich erst den Nikolaus im Bilderbuch, zog zwei Tage später seinem vor dem Kaufhaus hin- und hertrabenden Abbild den Bart herunter und konnte mit dessen ärgerlichem »Dir bringt der Weihnachtsmann bestimmt nichts!« gar nichts anfangen, weil sie noch nicht in den Kindergarten ging und ihr die entsprechende Aufklärung in Bezug auf brave und böse Kinder fehlte.

Sie bekam zu Weihnachten eine große Puppenküche aus Plastik und kochte bis in den Spätherbst hinein zuerst Schnee- und später Gras- oder Gänseblümchensuppe.

Weihnachten rückte immer näher, der Wunsch nach Auto-Rennbahn bzw. Aquarium wurde intensiver, und besonders Sascha schien fest davon überzeugt zu sein, dass er demnächst einen Nürburgring en miniature besitzen würde. Oder wie sonst war die Drohung seinem zweitbesten Freund gegenüber zu verstehen: »Entweder kriege ich deinen grünen Matchbox-Jeep, oder du darfst nie mit meiner Carrera-Bahn spielen.«

Die Frage, ob man Weihnachtsgeschenke auch in Raten bezahlen kann, erübrigte sich dann doch, weil nämlich die Uromi aus Berlin ihren Besuch ankündigte. Jetzt mit dem Flieger sei das ja gar nicht mehr so weit (!), schrieb sie, und wer weiß, wie lange sie noch rüstig genug für eine Reise sein würde …

Letzteres hörten wir schon seit vielen Jahren (und würden es zum Glück auch noch viele weitere Jahre hören). Jedenfalls sollten wir doch bitte etwas für die Kinder besorgen, sie wisse ja gar nicht, was gewünscht werde – Scheck anbei.

Elf Tage später: Der Weihnachtsbaum steht bereits, die Beleuchtungsprobe hat geklappt, jetzt dürfen die Kinder beim Schmücken helfen. Sven hängt die Kugeln auf, er darf nämlich schon auf die Leiter, macht das auch sehr sorgfältig. Sascha quält sich mit der Buntpapierkette ab, jenem Erzeugnis, das er vor zwei Jahren im Kindergarten zusammengeklebt hatte und das seitdem trotz Abnutzungserscheinungen immer noch aufgehängt werden muss. Steffi fummelt mit viel Enthusiasmus und wenig Kunstverständnis einzelne Silberfäden an die Zweige. Das meiste davon fällt aber wieder runter. Lametta-Gegnern, zu denen ich übrigens auch gehöre, sei gesagt, dass dieses Zeug vor dreißig Jahren ein absolutes Muss für jeden Christbaum gewesen ist.

Da die Uromi die Küche samt *Helgoländer* Karpfen (angeblich) und *polnischer* Gans (auch angeblich) übernommen hatte, war ich arbeitslos geworden. Allerdings nicht lange. Als nämlich der Baum fertig geschmückt war und aufgrund des unterschiedlichen Geschmacks der drei Dekorateure irgendwie asymmetrisch aussah, wurden die Kinder aus dem Zimmer gescheucht mit der Drohung, sich die nächsten zwei Stunden nicht mal in die Nähe des Wohnzimmers zu wagen. Sie zogen bereitwillig ab, und ich wäre ihnen nur zu gern gefolgt. Durfte ich aber nicht. Die Bahn sollte nämlich aufgebaut werden, eine ausgesprochen männliche Tätigkeit wegen der technischen Zusammenhänge, die Frauen bekanntlich nicht begreifen. Sie werden lediglich als Hilfskräfte benötigt, müssen eine Schere holen, mit der die Klebestreifen der Verpackung gelöst werden, und dann ein Messer, weil es damit besser geht.

Endlich war der Deckel ab. Vor uns lag, schön übersichtlich in ausgestanztes Styropor gebettet, ein Sortiment verschieden geformter Schienen, filigranes Zubehör, zwei Rennwagen und natürlich ein Trafo mit den beiden Fernsteuerungen – also sehr viel Technik, von der ich überhaupt nichts und Rolf nur sehr wenig verstand. Egal, es gab eine mehrere Seiten umfassende Bauanleitung, und da wir beide des Lesens kundig sind, würde es mit dem Aufbau wohl keine größeren Schwierigkeiten geben.

Hatten wir gedacht, wobei ich zugeben muss, dass ich auch heute noch nicht in der Lage bin, theoretische Anweisungen in die Praxis umzusetzen. Mein damaliger Physiklehrer hatte das schon viel eher erkannt als ich. Von der achten Klasse an bekam ich in jedem Zeugnis die traditionelle Vier, die übliche Abfragerei blieb mir erspart, ich hätte ohnehin eine falsche Antwort gegeben. Und dass aus der Vier keine Fünf wurde, war lediglich meinen immer sehr akkurat ausgeführten Zeichnungen und der sauberen Heftführung zu verdanken.

Laut Aufbauplan sollte die Rennstrecke eine große Acht bilden, wobei ein Teil an der Kreuzung erhöht sein und als Brücke über die darunter liegende Straße führen musste. Völlig klar.

»Erst mal alle Teile in der vorgesehenen Streckenführung auslegen!«, überlegte Rolf und stellte wenig später fest, dass der dafür vorgesehene Platz nicht ausreichte. »Entweder rücken wir den Couchtisch zur Seite, oder wir bauen die Bahn quer zur Tür auf, aber dann müssten wir dauernd drübersteigen.«

Die zuerst vorgeschlagene Möglichkeit erschien mir logischer, das Weinglas und den Plätzchenteller kann man notfalls auch auf dem Fußboden abstellen.

Nun galt es, die einzelnen Schienenteile aneinander zu stecken. Auch das klappte einwandfrei, allerdings nur so lange, bis die Überführung kam. »Du musst zuerst die Stützpfeiler hinstellen und dann die Schiene darüber ...«, bemerkte ich zaghaft, wurde jedoch sofort von einem ärgerlichen »Das weiß ich selber!« unterbrochen. »Bloß kippen diese dünnen Dinger bei der ersten Belastung um! Außerdem sind sie zu niedrig, da geht niemals ein Auto drunter durch!«

Das allerdings stimmte. Auf der mitgelieferten Zeichnung sah diese Brückenkonstruktion auch viel stabiler aus. »Vielleicht hast du nicht alles ausgepackt?«

»Natürlich habe ich alles ausgepackt«, kam es schon merklich gereizter zurück, »sieh doch selber nach, wenn du mir nicht glaubst.«

Ich tat es und fand tatsächlich noch eine Menge unterschiedlich großer Klötzchen, die – unter die Schienen geschoben – einen sanft ansteigenden bzw. abfallenden Übergang bildeten.

Einziger Nachteil: Die einzelnen Straßenabschnitte

passten jetzt nicht mehr nahtlos aneinander, kleine Lücken waren entstanden, die jedes spätere Rennen an genau dieser Stelle beenden würden. »Irgendwas müssen wir falsch gemacht haben!«

Klar, dass ich als erfahrene Ehefrau »wir« sagte, obwohl ich die ganze Zeit nichts anderes getan hatte, als den Kommandos zu folgen. »Drück das hier mal fest aneinander!« – »Gib mir jetzt das kurze Teil rüber! Nein, das andere!« – »Himmel noch eins, wie kann man bloß so ungeschickt sein!« Vier Arme, zwei davon mindestens drei Meter lang, und zusätzlich sechs Hände hätte ich haben müssen, um den Anforderungen des Bauherrn gerecht zu werden, und selbst dann hätte er noch einen Laufburschen gebraucht, der nacheinander Flachzange, Schraubenzieher, Bierflasche, Sandpapier, Zigaretten, Zahnstocher, Uhu und schließlich eine Taschenlampe apportieren musste.

Eine Erholungspause gab es erst, als die Uromi zum dritten Mal fragte, ob sie nun endlich die Karpfen auf den Tisch stellen dürfe, sie zerfielen allmählich, und die Kartoffeln seien auch schon viel zu weich, gar nicht zu reden von den Kindern, die sich nun wirklich nicht mehr ablenken ließen – und warum es denn so schwierig sei, ein paar Schienen aneinander zu schieben?

Omi Malchen hatte schon immer mehr technisches Verständnis gehabt als ich (immerhin hatte sie früher eigenhändig Stecker ausgewechselt, zerfranste Elektrokabel repariert und ausgesperrten Nachbarn mittels eines zurechtgebogenen Drahtes wieder Zutritt zur Wohnung verschafft), deshalb erhoffte ich mir von ihr fachkundigen Rat. »Wir kriegen diese verdammte Rennbahn nicht richtig zusammen! Irgendwo ist immer eine Lücke.«

»Warum lasst ihr denn die Jungs nicht mithelfen? Es macht denen bestimmt viel mehr Spaß, etwas aufzubauen und erst *dann* damit zu spielen!«

Wieso war uns das nicht selber eingefallen???

40 Minuten später: Omi räumte draußen den Tisch ab, Rolf sammelte sein Handwerkszeug zusammen und stapelte es vorübergehend auf dem Fensterbrett, ich überprüfte noch einmal die Bunten Teller, schob die Puppenküche etwas in den Vordergrund und das Aquarium ein Stück nach hinten, immerhin enthielt es außer dem Grünzeug und den Fischen zwei Eimer Wasser, und dann konnte endlich der Heilige Abend beginnen!

Er begann damit, dass Sascha beim Anblick der provisorisch zusammengefügten Schienen auf die Carrera-Bahn zuschoss und prompt in der Verlängerungsstrippe für die Christbaumbeleuchtung hängen blieb; nur dem beherzten Zugreifen von Omi Malchen war es zu verdanken, dass der Baum nicht ins Zimmer kippte und lediglich der Verlust zweier Kugeln zu beklagen war. Eine davon zerschellte auf dem Rand des Aquariums und bescherte seinen Bewohnern vorübergehend ein neuartiges Spielzeug in Form dunkelblauer Splitter.

»Ich taufe euch Ramses, Cheops, Amasis und Sethos«, verkündete Sven salbungsvoll beim Anblick der vier Fischlein und träufelte ein kleines bisschen Apfelsaft ins Becken, »aber ich weiß noch nicht, wer wer ist!«

»Ägyptische Herrscher« rutschte mir heraus, »allerdings in einer anderen Reihenfolge.«

»Das weiß ich selber!«, kam es empört zurück. »Ich meine doch die Fische! Und überhaupt waren das keine Herrscher, sondern Pharaonen!«

(Svens bis dato nie geäußertes Interesse für ägyptische Geschichte hörte mit Omis Abreise auch ganz schnell wieder auf. Sie hatte ihm nämlich ein seinem Alter entsprechendes, reich bebildertes Buch über Ägypten mitgebracht, und nachdem er es zweimal gelesen hatte, verschwand es in seinem Regal, bis es ein paar Jahre später Sascha in die Hände fiel und gegen zwei Asterixhefte eingetauscht wurde. Und dass Buntbarsch Cheops aus gegebenem Anlass später in Isis umgetauft wurde, sei nur am Rande erwähnt.)

Stefanie interessierte weder Autobahn noch Aquarium, sie zog vielmehr Lamettafäden vom Baum, sammelte heruntergefallene Tannennadeln auf, vermischte beides mit Kekskrümeln und »kochte« die erste von unendlich vielen Suppen, die noch folgen würden. Am besten war ihr jene mit der Konfetti-Einlage gelungen, ich hatte noch Tage später was davon gehabt!

»Können wir nu mal weitermachen!« Sascha hatte sehr schnell mitgekriegt, dass seine Autobahn nicht betriebsfähig war, es auch nie werden würde, solange er allein daran herumbastelte, und forderte nachdrücklich Hilfe.

»Wollen wir das nicht auf morgen verschieben, wenn es hell ist und man alles besser sehen kann?«, versuchte Rolf einen Kompromiss. »Ich verspreche dir auch …«

»Wenn wir das große Licht einschalten, isses hell genug, ich kann auch noch deine Lampe vom Schreibtisch holen, und überhaupt ist ein Geschenk kein Geschenk, wenn's nicht geht!«, jammerte Sascha.

Damit hatte er allerdings Recht. Andererseits gibt es Sachen, die eigentlich nie funktionieren, also Gegenstände wie Reisewecker, Taschenlampen, Tischventilatoren und elektronische Thermometer. Halt, das ist ungerecht: Sie gehen *einmal*, meist in den allerersten Stunden ihrer Anschaffung, dann bleiben sie für immer stehen. Ich hoffte nur, dass diese verflixte Autorennbahn nicht auch zu dieser Kategorie gehörte.

Nach weiteren vergeblichen Versuchen, die Rolfs Blutdruck zusehends in die Höhe trieben und Saschas Vokabular an Schimpfwörtern stark bereicherten, kapitulierte der Bauherr endgültig. »Ich schaffe das einfach nicht!«

Ohrenbetäubendes Geheul war die Antwort. »Karin ihr'n Vater kann alles, was elektrisch ist, der hat sogar denen ihre Waschmaschine repariert, und du kriegst nicht mal so'n paar Schienen zusammen, dass die Autos fahren können!«

Saschas Empörung war verständlich, seine in grammatikalischer Hinsicht sehr unzulänglich zum Ausdruck gebrachte Enttäuschung entschuldbar, und weil mir nichts Besseres einfiel, griff ich seinen Vorschlag auf. »Frag doch Günther, ob er nicht ein paar Minuten rüberkommen kann. Immerhin ist er Ingenieur.«

»Na und? Das hilft ihm hier auch nicht weiter, wenn

die Schienen nicht zusammenpassen«, knurrte Rolf beleidigt, griff aber trotzdem zum Telefon.

Günther wohnte im Nebenhaus, war ein paar Jahre älter als Rolf und Vater von fünf Töchtern, was zwangsläufig zur Folge hatte, dass er sich mehr mit quietschenden Puppenwagen und defekten Mädchenrädern abgeben musste statt mit »männlichem« Spielzeug. Karin war die Jüngste seiner Damenriege und wurde von Sascha nur deshalb akzeptiert, weil sie in seine Klasse ging und auf dem Schulweg immer ihre Gummibärchen mit ihm teilte.

Die Bereitwilligkeit, mit der unser Nachbar in Minutenschnelle anrückte, ließ darauf schließen, dass er von der geballten Weiblichkeit in seinem Haus mal wieder genug hatte. Seine älteste Tochter war gerade zwanzig geworden und wartete sehnsüchtig auf ihren einundzwanzigsten Geburtstag, um mit Jimmy, einem Studenten im zwölften oder dreizehnten Semester, nach Indien in einen Ashram zu ziehen und dortselbst ein dem Guru wohlgefälliges Leben zu führen. Oder so ähnlich. Jedenfalls übte sie schon kräftig, meditierte stundenlang im Schein unzähliger Kerzen und ging ihrem Vater gewaltig auf die Nerven.

Begeistert ließ Günther sich nun von Sascha ins Wohnzimmer ziehen. »Was habt ihr denn für ein Problem?«

»Papi versucht schon den ganzen Abend, meine neue Carrera-Bahn aufzubauen, aber er ist einfach zu dämlich daf…« – entsetzt sah er sich um, doch Papi hatte zum Glück nicht richtig zugehört – »also ich meine, er kriegt das nicht so ganz hin. Is' ja auch kein Inschenör. Dafür kann er aber bestimmt besser zeichnen als du!«, ergänzte er betont laut, um den Familienfrieden zu retten.

»Weiß ich doch!«, bestätigte Günther, betrachtete grinsend den Berg Schienen auf dem Fußboden und mehr noch das Sammelsurium an Handwerkszeug, das sich inzwischen angehäuft hatte.

»Was hattest du denn mit den Zahnstochern vor?«, wollte er von Rolf wissen.

»In die Löcher von den Schienen stecken, damit die Metallspitzen nicht gleich wieder rausrutschen. Ging aber nicht, zu dick!«

Günther enthielt sich jeglichen Kommentars, setzte sich auf den Fußboden, griff nach dem Bauplan, und keine Stunde später stand die Piste genau so da, wie auf der Verpackung abgebildet.

»Prima, Onkel Günther!«, gähnte Sascha, krampfhaft bemüht, die Augen offen zu halten, »und nun lassen wir mal die Autos fahren!«

»Nee, mein Junge, ich muss erst noch den Trafo anschließen, und überhaupt gehörst du endlich ins Bett! Deine Geschwister schlafen längst, und dir fallen auch schon dauernd die Augen zu!«

Sascha sah das ein. »Okay. Aber wenn ihr nachher hier fertig seid«, wandte er sich an seinen Vater, »dann schließt gefälligst das Zimmer ab, sonst spielt Sven noch vor mir mit meiner Bahn!«

»Glaube ich nicht! Du gehst ja auch nicht an seine Fische!«

»Erstens sind die langweilig, und dann hat er sie ja auch mit ins Bett genommen!«

»Waaas hat er???«

»Na ja, beinahe! Du hast ihm doch das Aquarium selber in sein Zimmer gestellt!«

Eine halbe Stunde lang sah ich noch zu, wie zwei Männer unter Zuhilfenahme geistiger Getränke versuchten, die beiden Autos startklar zu machen, holte eine weitere Flasche Wein aus dem Keller, weil die andere leer war, räumte Flachzange, Schraubenzieher, Sandpapier, Zahnstocher und Uhu wieder weg und ging dann ebenfalls schlafen. Omi Malchen schnarchte bereits, man hörte es sogar durch die geschlossene Tür.

Ende des Heiligen Abends.

Der erste Feiertag begann morgens um sechs Uhr siebzehn, als jemand zunächst die Toilettenspülung betätigte, dann laut »Aua!« brüllte, weil er die erste Treppenstufe mal wieder verfehlt und sich auf den Hosenboden gesetzt hatte, und schließlich knallte dieser Jemand auch noch mit dem Kopf an die Wohnzimmertür. Dass es in diesem Haus genügend Lichtschalter gab, schien der Poltergeist vergessen zu haben. Ein paar Sekunden lang wartete ich auf das jetzt fällige Geschrei, und als es nicht kam, kroch ich aus den Federn und öffnete die Tür. »Lebst du noch?«

Keine Antwort. Dann flammte das Deckenlicht auf,

und als ich beruhigt wieder ins Bett gehen wollte, hörte ich einen Entsetzensschrei: »Die fahren ja immer noch nicht!«

Wenn ich jetzt nicht ganz schnell meinen enttäuschten Sohn beruhigen konnte, dann wäre Weihnachten endgültig gelaufen! Ich hatte keine Ahnung, wann Rolf ins Bett gekommen war, hatte tief und fest geschlafen, war mir jedoch absolut sicher, dass er zum jetzigen Zeitpunkt noch nicht wieder aufstehen wollte! Ich übrigens auch nicht, aber das will ich um diese Uhrzeit eigentlich nie.

Sascha hockte schluchzend vor der fertig installierten Anlage mit den in Startposition aufgebauten Rennautos. In jeder Hand einen Schalthebel, starrte er auf die beiden Wagen, die sich trotz heftigen Drückens nicht von der Stelle bewegten. »Da geht gar nichts!«, jammerte er. »Die haben mir meine Autobahn kaputtgemacht!«

»Unsinn!«, behauptete ich wider besseres Wissen, denn die zwei leeren Weinflaschen sprachen Bände. »Papi hat die Bahn bestimmt nur über Nacht abgeschaltet.«

»Und wo geht sie wieder an?«

Das wusste ich natürlich nicht. Was also tut man in solch einem Fall? Man beweist Autorität, scheucht seinen Filius zurück ins Bett, wo er allerdings nicht bleibt, sondern eine Tür weiter seinen Bruder nervt. Inzwischen ist auch Omi aufgewacht und munitioniert erst mal die Kaffeemaschine, bevor sie mit dem Geschirr zu klappern beginnt, und als schließlich noch Stefanie auf der Bildfläche erscheint und verkündet, dass sie in ihrer neuen Küche jetzt für alle das Frühstück kochen werde und Milch braucht, ist mal wieder jener Augenblick der Reue gekommen, seinerzeit nicht den jungen Zahnarzt mit eigener Praxis geheiratet zu haben! Bei dessen Einkommen hätte ich mir mit Sicherheit nicht nur ein, sondern gleich zwei Kindermädchen leisten können!

Wieder war es Omi, die den Familienfrieden rettete. Bei genauerer Betrachtung der Autobahn entdeckte sie halb unter dem Teppich verborgen ein Kabel. »Muss das nicht in die Steckdose?«

Leider gab es aber keine in erreichbarer Nähe, und die Verlängerungsstrippen waren für Christbaumbeleuchtung und Tiefkühltruhe im Einsatz.

Sofort plärrte Sascha los. »Heißt das, ich kann überhaupt nicht mit meiner Rennbahn spielen? Warum kaufst du nachher nicht eine neue Verlängerung?«

»Weil Weihnachten ist und die Läden zu haben!«

»Weihnachten ist Scheiße!«, war Saschas Fazit. Ich konnte es ihm nicht verübeln, und tadeln durfte ich ihn auch nicht, er hatte dieses Wort gestern häufig von seinem Vater gehört. Also schickte ich ihn erst mal ins Bad.

Omi hat Frühstück gemacht. Der Kaffee schmeckt nicht, ist viel zu durchsichtig. Bei sich zu Hause filtert sie ihn noch per Hand, mit unserer Maschine kommt sie nicht zurecht. Muss ich ihr mal zeigen. Steffi will Cornflakes. Kriegt sie auch, schmeißt die Hälfte davon runter, und prompt tritt Sascha sie platt, als er aus dem Bad zurückkommt. Egal, auf dem Teppichboden vermischen sich ohnehin schon die Kekskrümel von gestern mit den Resten von Stefanies Lamettasuppe und den runtergefallenen Nussschalen. Muss nachher den Staubsauger rausholen.

Sascha tritt in Hungerstreik, will nichts essen. Omi offeriert nacheinander Christstollen, frische Pfannkuchen und sogar Pommes frites mit Ketchup, extra wieder aufgewärmt, erntet jedoch nur ein entsagungsvolles Kopfschütteln. Der Knabe leidet unübersehbar und hat auch noch Spaß daran.

»Vielleicht hat ja Onkel Günther ein Verlängerungskabel«, überlegt Sven.

Ein Stuhl kippt um, aber erst kurz vor der Haustür kann ich Sascha wieder einfangen. »Es ist noch nicht mal acht«, erinnere ich ihn, »und ein Feiertag! Normale Menschen schlafen um diese Zeit!«

Auch zwei weitere Ausreißversuche kann ich verhindern, den einen zehn nach acht, den anderen zwanzig Minuten später, dann endlich verschwindet Sascha maulend in sein Zimmer. Kurze Zeit später ist er eingeschlafen. Sein Vater schläft übrigens immer noch.

Um zehn Uhr wird im Nebenhaus Frau Meier an die Luft gesetzt und protestiert mit heiserer Stimme. Immerhin haben wir acht Grad unter Null, und Frau Meier trägt nur wenig Pelz. Eigentlich hat sie gar keinen richtigen, sie ist nämlich eine Chihuahua-Dame, passt in eine Suppenschüssel und geht meistens per Einkaufstasche Gassi. Nur nicht morgens, da hat niemand Zeit für einen Spaziergang dorthin, wo Hunde dürfen, wenn sie müssen.

Ich warte, bis Frau Meier wieder reingeholt wird, und schließe mich ihr an. Meine Nachbarin, noch im Bademantel, hockt am Küchentisch vor einer halblitergroßen Kaffeetasse und sieht ziemlich fertig aus. »Weihnachten ist Scheiße!«, sagt sie.

Ich erfahre, dass Schwiegermütter noch schlimmer sind als ihr Ruf, dass man Teenager am besten ein paar Jahre lang auf dem Mond parken sollte und dass die meditierende Tochter ihren Eltern symbolisch ein Kind unter den Weihnachtsbaum gelegt habe. Das echte käme dann Ende Juli.

Angesichts dieser Probleme erscheint mein eigenes unbedeutend. Trotzdem frage ich nach einem Verlängerungskabel.

»Ich glaube, wir hatten mal drei Stück«, überlegt Birgit. »Eins davon hängt am Weihnachtsbaum, das zweite hat Sandra mit zur Schule genommen wegen der Scheinwerfer fürs Krippenspiel, bloß zurückgebracht hat sie's noch nicht – also müsste das dritte noch da sein. Komm, wir sehen mal im Keller nach.«

Der ist tiptop aufgeräumt – völlig logisch bei nur *einem* männlichen Wesen im Haus –, doch ein Verlängerungskabel finden wir trotzdem nicht.

»Tut mir Leid«, sagt Birgit, »aber vielleicht hat Günther es gebraucht. Ich frage ihn nachher mal. Er schläft nämlich noch.«

Es hilft nichts, irgendwas muss mir jetzt einfallen,

bevor Sascha wieder auf der Bildfläche erscheint! Und dann fällt mir wirklich etwas ein, nämlich das erste Nachkriegsweihnachten in Berlin. Die kleine Tanne hatten wir im Grunewald geklaut, Kugeln und Lametta waren noch vorhanden gewesen und sogar die elektrische Baumbeleuchtung mit den zwölf großen Kerzen. Nur Strom gab's nicht! Besser gesagt, es gab ihn nur stundenweise, und selbst dann war er kontingentiert, man durfte pro Monat also nur eine bestimmte Kilowattmenge verbrauchen. Ich weiß noch, dass unser Weihnachtsbaum lediglich am Heiligen Abend zwei Stunden lang »im Kerzenlicht erstrahlt« war und danach nicht mehr.

Zweiundzwanzig Jahre später gab es auch bei uns einen Christbaum, der nur einen Abend lang so richtig festlich aussah. Nicht mal zu später Stunde durfte ich das Verlängerungskabel umstöpseln, das Sascha ohnehin am liebsten mit ins Bett genommen hätte, um etwaigen Missbrauch seiner Rennbahn zu unterbinden.

»Komisch, Onkel Günther ist noch nie so oft hier gewesen wie jetzt!«

Stimmt – er hatte nun mal bloß Töchter!

Die Sache mit dem Ring

Sieh mal, Lotte, sind das jetzt genug?« Oma Pribulske deutete auf die mit Apfelstückchen gefüllte Schüssel. »So groß ist die Gans doch gar nicht, und ein paar Maronen sollen ja auch noch rein.«

»Nein, diesmal nicht, Mutti, du weißt doch, dass Julia neuerdings allergisch dagegen ist.« Lotte begutachtete die Äpfel, meinte jedoch, ein paar mehr könnten es ruhig sein. »Ich will noch meinen gedeckten Apfelkuchen machen, den isst der Rainer so gerne.«

Damit war das Stichwort gefallen: Rainer. Jener junge Mann, mit dem ihre Enkelin schon seit fast einem Jahr »ging«. In allen Ehren natürlich, denn ein gemeinsamer Urlaub ist ja heutzutage gang und gäbe, dabei denkt sich kein Mensch mehr was, doch langsam wurde es Zeit, dass er sich erklärte. Julia war immerhin schon 24, dieser Rainer ein paar Jahre älter, wie sich das gehörte, er verdiente wohl auch recht gut und sollte durchaus in der Lage sein, eine Frau und später auch Kinder zu ernähren. »Was meinst du, Lotte, ob es wohl morgen etwas zu feiern gibt? Früher verlobte man sich sehr gern unterm Weihnachtsbaum.«

»Ich weiß, Mutti, dir hat Vater ja auch den Ring zwischen Karpfen und Karamellpudding angesteckt, aber das ist über sechzig Jahre her, inzwischen haben sich die Zeiten geändert. Ich glaube, heutzutage verlobt man sich überhaupt nicht mehr.« Liebevoll schaute Lotte Strelow auf ihre Mutter herunter. Zweiundachtzig war die alte Dame im Sommer geworden, lebte nun schon seit sieben Jahren allein in dem kleinen Zwei-Zimmer-Apartment, das Strelows ihr nach dem Tod des Vaters eingerichtet hatten – nur sechs Haltestellen von ihrer eigenen großen Wohnung entfernt.

»Solange ich noch krauchen kann, bleibe ich mein eigener Herr!« Mit diesen Worten hatte Frau Pribulske das Angebot, zu Tochter und Schwiegersohn zu ziehen, abgelehnt, und Lotte hatte das respektiert. Sie hatte für eine Putzfrau gesorgt, die zweimal wöchentlich ihrer Mutter beim Saubermachen half, die Wäsche bügelte und – was eigentlich noch wichtiger war – die alte Dame bei einer Tasse Kaffee mit dem neuesten Klatsch aus der Nachbarschaft versorgte. Im Augenblick war das außereheliche Kind des Fräulein Hallstedt ein beliebtes Gesprächsthema, denn wenn man den Gerüchten Glauben schenken durfte, dann wollte die junge Mutter den Kindesvater gar nicht heiraten, sondern ihre kleine Tochter allein großziehen.

Hoffentlich würde ihre Enkelin nicht auf ähnlich dumme Ideen kommen, ging es Frau Pribulske durch den Kopf. Es muß doch alles seine Ordnung haben!

Solche Gedanken beschäftigten auch Julia. Sie saß in

ihrem ehemaligen Jungmädchenzimmer, in dem immer noch die Blümchentapete an den Wänden klebte und die weißen Schleiflackmöbel akkurat so standen, wie sie vor einem Dutzend Jahren aufgestellt worden waren, und dachte intensiv an ihren Rainer. Das war nahe liegend, denn sie wickelte gerade das Geschenk für ihn ein: ein teures Aftershave und das dazu passende Eau de Toilette. Sie mochte diesen herben Duft an ihm. Vorgestern hatte sie ihn vermisst.

»Muss mir erst wieder ein bisschen Kleingeld zusammensparen«, hatte er gesagt, » nichts lässt die Zeit so schnell verstreichen wie ein Autokauf auf Raten!«

Natürlich wäre seine alte Gurke auf keinen Fall mehr durch den TÜV gekommen, aber musste der neue Wagen gleich ein Kabrio sein? Wir leben hier doch nicht an der Costa del Sol oder auf Gran Canaria, wo die Sonne so selbstverständlich scheint, wie sich bei uns die Regentage häufen – weshalb also das Kabriolett statt eines normalen Autos mit geräumigem Kofferraum, in den später auch mal ein Kinderwagen passen würde …?

»Juuliiah!«, tönte es aus der Küche. »Bist du noch da?«

»Komme gleich!«, rief sie zurück, zupfte die rote Schleife zurecht und legte das Päckchen zur Seite.

Ihre Großmutter stand schon in Hut und Mantel im Flur. »Könntest du mich wohl schnell nach Hause fahren, Kind? Mein Bus ist gerade weg, und der Nächste kommt erst in dreißig Minuten. Was soll ich so lange hier herumsitzen?«

»Klar, Ömchen, mache ich doch gerne. Gib mal deine

Tasche her! – Donnerwetter, ist die schwer! Hat dir Mama wieder den halben Kühlschrank mitgegeben? Wozu denn, du kommst doch über Weihnachten sowieso zu uns!«

»Das ist nicht für mich, sondern für die alte Frau Gutmann neben mir. Die lebt doch von der Sozialhilfe, und da bleibt selten was übrig für kleine Extras. Ich stecke ihr ja auch immer mal was zu, aber das will sie gar nicht. Ihren Stolz hat sie nämlich. Und Haare auf den Zähnen auch!«, fügte sie leise hinzu und hakte sich bei ihrer Enkelin ein. »Wieso bist du überhaupt zu Hause? Heiligabend ist doch erst morgen? Zu meiner Zeit wurde sogar an diesem Tag bis dreizehn Uhr gearbeitet, auch in den Büros.«

»Ja, Ömchen, aber zu deiner Zeit sind die Chefs auch noch nicht über Weihnachten nach Barbados geflogen oder auf die Seychellen! Meiner sitzt gerade im Flieger nach Hawaii. – Bist du auch richtig angeschnallt? Zu eng? Lass ihn so, ein Sicherheitsgurt schränkt die Bewegungsfreiheit lange nicht so ein wie ein Rollstuhl!«

Unmerklich verdrehte sie die Augen. Das hätte ihr noch gefehlt, sich am Heiligen *Morgen* mit dem Schriftsatz Klausen gegen Wernicke abgeben zu müssen – Nachbarn, die sich seit einem halben Jahr wegen eines angeblich zu sehr in die Breite gegangenen Essigbaumes erst verbal, danach via Anwalt in den Haaren lagen – und am Heiligen *Abend* dann unterm Christbaum den Frieden auf Erden zu besingen.

Normalerweise arbeitete Julia gern bei Dr. Schreiber,

einem noch sehr jungen Rechtsanwalt, doch manchmal konnte sie über jene Klienten, die wegen lächerlicher Kleinigkeiten die Gerichte bemühten, nur den Kopf schütteln. »Haben die eigentlich keine anderen Sorgen?«

»Seien Sie doch froh darüber, Julia! Wenn zwei sich streiten, freut sich der Anwalt!«, hatte Schreiber gesagt und ihr zum 1. Januar das Gehalt erhöht. Deshalb gönnte sie ihm ja auch seinen Urlaub. Aber musste es ausgerechnet Hawaii sein? Davon träumte sie nämlich selber.

»Sieh mal, Julchen, dort drüben wird gerade eine Parklücke frei, da kannst du rein!«, freute sich Oma. »Dann musst du auch nicht gleich wieder wegfahren, und ich mache uns beiden eine schöne Tasse Kaffee!«

»Geht klar, Ömchen, so viel Zeit habe ich noch.« Julia kurvte in die Parkbucht, half ihrer Großmutter aus dem Wagen, hievte die schwere Tasche aus dem Kofferraum und schloss die Haustür auf. Fünf Stufen, dann stand sie vor der Wohnungstür mit dem zwar sehr hübschen, aber nicht mehr ganz aktuellen Türkranz. »Hängt der eigentlich schon wieder oder immer noch?«, wollte sie wissen. »Rosen entsprechen nicht unbedingt der jetzt herrschenden Jahreszeit.«

»Hast ja Recht, Kind, aber einer für Weihnachten lohnt nun auch nicht mehr, in ein paar Tagen denken die Leute doch schon wieder an Osterhasen und Forsythien! – Was hältst du von einem Stück Käsetorte?«

Bei einem Stück blieb es nicht, denn Ömchens Selbstgebackenes war nach Julias Ansicht in jeder Variante unschlagbar. Nachdem sie die letzten Krümel mit dem Finger aufgepickt hatte, stand sie auf. »Das waren jetzt mindestens 450 Kalorien zu viel, aber jede Einzelne war es wert! Vielen Dank, Ömchen, dann also bis morgen!« Sie drückte ihrer Großmutter einen Kuss auf die Wange. »Und komm nicht so spät, du weißt doch, Mama ist erst dann zufrieden, wenn sie ihre Lieben um sich versammelt hat und alle zehn Minuten fragen kann, ob sie jetzt die Kartoffeln aufsetzen soll.«

»Gibt's wieder Heilbutt?«

»Nee, Forelle! Andere Leute essen Heiligabend Pastetchen mit Füllung, Salate oder irgendwas anderes, das man vorbereiten kann, nur bei uns muss es jedes Mal Fisch sein. Weil's den früher auch immer gegeben hat. Wann war denn früher?«

»Immer die Zeit, der man insgeheim nachtrauert, obwohl man keinesfalls mehr in sie zurückversetzt werden möchte!«, sagte Frau Pribulske und schob ihre Enkelin zur Tür hinaus. »In deinem Alter gibt es noch kein Früher.«

Davon war Julia keineswegs überzeugt. Während sie sich durch den Feierabendverkehr in die Innenstadt quälte, dachte sie zurück an vergangene Weihnachtsfeste, als Ömchens Mann noch gelebt und immer genau jenes Geschenk unter den Christbaum gelegt hatte, das von den Eltern als »viel zu teuer« oder »muss nun wirklich nicht sein« abgelehnt worden war. Das Zwölfgang-Fahrrad zum Beispiel, weil das alte mit nur drei Gängen doch noch völlig in Ordnung gewesen war, oder das angeblich viel zu kostspielige Kleid für den Abschlussball. Opa war leider tot, und wenn Ömchen auch nicht gerade geizig war, so erschienen ihr 129 Euro für einen Kaschmirpulli doch total überzogen. »Der hat ja nicht mal lange Ärmel«, hatte sie gesagt und das fragliche Modell eingehend betrachtet, »dabei geht in die eine Menge Wolle rein!« Der Wink mit dem Zaunpfahl hatte also gar nichts genutzt.

Was Rainer ihr wohl schenken würde? Wieder so eine Kurzreise? Das verlängerte Wochenende auf Ibiza war zwar eine tolle Geburtstagsüberraschung gewesen, und ihren ersten Jahrestag hatten sie in einem ganz schnuckeligen Hotel am Bodensee verlebt, aber jetzt durfte ihm ruhig mal etwas anderes einfallen. Männer waren einfach etwas fantasielos. Da hatten sie *einmal* eine gute Idee und waren dann gleich der Meinung, das reiche für die nächsten zehn Jahre: Statt Ibiza nun vielleicht Rügen oder Helgoland, das schnuckelige Hotel beim nächsten Mal am Titisee oder in der Lüneburger Heide … aber auf den Gedanken, dass man sich über einen ganz profanen Bademantel mit Kapuze viel mehr freuen könnte als über zwei Nächte in unmittelbarer Nachbarschaft eines von liebestollen Kröten bewohnten Tümpels, kamen sie überhaupt nicht. Dabei musste es vom Volumen her ja gar nichts Großes sein, ein paar Nummern kleiner wäre auch willkommen, sehr viel kleiner sogar … ein schlichter Ring würde völlig genügen.

Oft genug hatten sie schon Zukunftspläne geschmiedet, waren durch Möbelgeschäfte gebummelt, nur so zum Spaß, hatten auf Futons Probe gelegen und in Wasserbetten und hatten sich beim Anblick der futuristischen Küchen vorgestellt, dass man nur noch auf Knöpfe zu drücken brauchte und wenig später das fertige Essen aus irgendeinem dieser steril aussehenden Apparate ziehen konnte.

Zusammenbleiben würden sie auf jeden Fall, das war klar, und dass sie noch immer getrennte Wohnungen hatten, lag ganz einfach daran, dass bezahlbare Objekte zu klein und die größeren nicht zu bezahlen waren.

Früher verlobte man sich häufig zu Weihnachten, hatte Ömchen erzählt, und Heike – ursprünglich Julias zweitbeste Freundin, doch nachdem die einst beste zwecks Eheschließung in ein irisches Kaff namens Clonmel emigriert war, hatte Heike nachrücken und zur allerbesten Freundin aufsteigen dürfen –, Heike also hatte vergangenes Jahr von ihrem Steffen den Ring auch ganz romantisch unterm Christbaum an den Finger gesteckt bekommen.

»Meine Eltern hatten aber noch echte Kerzen draufgehabt, und die roten Wachsflecken habe ich nie ganz aus meiner Seidenbluse rausgekriegt! Fünfundsiebzig Euro auf dem Altar der Romantik geopfert! Ob's das wert war, muss sich erst herausstellen«, hatte sie noch gesagt, »viele Verlobungen enden glücklich, aber manche auch in der Ehe.«

»Rainer ist durch und durch Realist, für Romantik hat er einfach nichts übrig.«

»Dann dreh doch den Spieß einfach um und schenke

du ihm einen Ring! Natürlich nicht sooo einen, sondern was Harmloses aus Silber mit irgendwas Heraldischem vorne drauf. Vielleicht kapiert er dann, was Sache ist.«

Doch das wollte Julia nicht. Spielte es denn überhaupt eine Rolle, ob man einen Verlobungsring am Finger trug oder nicht? Man wusste doch, dass man zusammengehörte! Es gab Paare, die ihre Silberhochzeit feierten, ohne jemals ein Standesamt von innen gesehen zu haben, und dann wieder andere, die Heiratsanzeigen auf Büttenpapier mit Silberdruck verschickten und gleich nach den Flitterwochen zum Scheidungsanwalt liefen.

Im kommenden Jahr würde Rainer den Meisterbrief bekommen und gleichberechtigter Partner seines Onkels und später dessen Nachfolger werden. Erst dann, wenn er wirklich festen Boden unter den Füßen habe, wolle er Nägel mit Köpfen machen, hatte Rainer gesagt. Ihr Vater hatte das sehr verantwortungsbewusst gefunden und ihn als Mann von echtem Schrot und Korn bezeichnet, während Lottes Kommentar etwas zurückhaltender ausgefallen war; aber auch sie hatte Rainers Gründe als durchaus vernünftig angesehen. Und Julia hatte gar nichts gesagt, weil sie gerade an Richard Gere gedacht hatte, wie er zu seiner Pretty woman erst die Feuerleiter empor und dann ins Fenster gestiegen war. Ob Rainer auch so was tun …? Nein!, hatte sie sich ganz schnell in die Wirklichkeit zurückgeholt, der hätte unten geklingelt!

Der so verkannte Romantiker und potenzielle Ehekandidat hatte soeben sein Anderthalbzimmer-Küchenzeile-Bad-Apartment betreten, seine mitgebrachten Schätze auf dem Tisch ausgebreitet und machte sich sofort an die Arbeit.

Eine halbe Stunde später lag die halbe Tischplatte voller Walnussschalen. Vier ganze Nüsse waren noch übrig, und eine davon bearbeitete er jetzt mit einem Küchenmesser. Nachdem die Spitze abgebrochen war, versuchte er es mit dem Schraubendreher, rutschte ab und rammte sich das Metall in den linken Daumen. Nach medizinischer Erstversorgung mittels eines briefmarkengroßen Pflasters holte er einen Hammer und beklopfte ganz vorsichtig die Nahtstellen der nächsten Nuss. Danach war auch die kaputt.

Kurze Pause zum Wechseln des durchgebluteten Pflasters sowie einer Stärkung durch einen kräftigen Schluck Black Label. Sodann erneuter Versuch, eine Nuss so vorsichtig zu öffnen, dass von der Schale beide Hälften unversehrt blieben. Beinahe hätte es geklappt, aber dann war doch wieder eine kleine Ecke abgesplittert. Trotzdem legte Rainer die Schale zur Seite, notfalls würde er sie kleben müssen.

Beim vorletzten Mal hatte es endlich geklappt. Unversehrt lagen beide Hälften vor ihm. Er befreite sie von der Nuss, kratzte in Ermangelung eines intakten Küchenmessers mit einer Nagelfeile die kantigen Reste heraus, bepinselte die Schalen mit farblosem Lack und legte sie zum Trocknen auf die Heizung. Dann setzte er Wasser

für Spaghetti auf. Kurz bevor die Nudeln al dente waren, verpasste er den Nussschalen einen zweiten Anstrich, legte sie wieder auf die Heizung, suchte im Kühlschrank nach dem angebrochenen Glas Salsa ai peperoni, fand es mit einer hauchzarten Schimmelschicht überzogen, entsorgte Glas samt Inhalt in den Mülleimer, und weil offenbar auch kein Parmesan mehr da war, entschied er, dass er eigentlich gar nicht hungrig war, sondern nur Durst hatte. Black Label stand noch in Reichweite.

Eine Stunde später war er bei Licht und röhrendem Fernseher auf IKEAs »Vingäker« eingeschlafen, jenem für ihn viel zu kurzen Sofa, das ihm sein Vorgänger beim Auszug hinterlassen hatte mit der Bemerkung, er habe unlängst beim Pferderennen gewonnen und könne sich jetzt zwei Zimmer leisten und ein richtiges Bett.

Dass Julia ihn im Laufe des Abends fünfmal angerufen hatte, merkte Rainer erst am nächsten Morgen, als er das Band abhörte. Der letzte Anruf endete mit: »Es ist jetzt 23 Uhr 47, und du bist immer noch nicht zu Hause. Wage dich morgen Abend bloß nicht her, wenn du keine absolut glaubhafte Entschuldigung hast! Und sei pünktlich!«

Leise vor sich hin schimpfend, reihte sich Julia in die Schlange vor der Warenausgabe ein. Ausgerechnet eine dieser komplizierten Kaffeemaschinen hatte ihr Vater als Weihnachtsgeschenk für seine Frau ausgesucht – für Lotte, die überhaupt kein technisches Verständnis hatte und schon um Hilfe rief, wenn der Staubsaugerbeutel voll war. Und jetzt dieses Riesending mit seinen Tasten und Hebeln, das jedes Mal einen Heidenkrach machte, sobald der Kaffee gemahlen oder die Milch aufgeschäumt wurde. Nur sprechen kann es noch nicht, dachte sie, aber das würde lediglich eine Frage der Zeit sein, denn es kommunizierte bereits per Display und äußerte zwar höflich, doch sehr präzise seine Wünsche: *Bitte Bohnen auffüllen*, hieß es, oder *Bitte Trester leeren*, zwischendurch auch mal *Bitte warten*. Und spätestens zu diesem Zeitpunkt griff man doch zu Pulverkaffee und Heißwasserhahn, weil sonst der Bus weg war. Wen wunderte es noch, dass die Gebrauchsanleitung für dieses Hightechmonster umfangreicher war als ein Versandhauskatalog?

Woher Julia das wusste? In der kleinen Küche von Dr. Schreibers Kanzlei stand das Pendant zu diesem Gerät, und bisher hatte sich sein Anschaffungspreis noch nicht annähernd amortisiert. Außer der Putzfrau traute sich nämlich niemand so richtig heran, und die kam immer erst abends.

Und jetzt sollte die Mama damit klarkommen?

»Warum kannst du die Maschine nicht selber abholen?«, hatte Julia ihren Vater gefragt. »Das Teil ist höllisch schwer!«

»Ich muss noch den Baum aufstellen und die Lichterkette aufziehen«, hatte sich Otto entschuldigt. »Bitte doch jemanden von den Mitarbeitern, dass er dir beim Tragen hilft, oder weshalb sonst nennt sich diese Abteilung *Kundendienst*?«

Das hätte Julia allerdings auch gern gewusst, als sie sich später mit dem riesigen, in Geschenkpapier gewickelten Karton zur Tiefgarage durchkämpfte.

Währenddessen saß Rainer leicht verkatert vor den zwei halben Nussschalen und überlegte, wie er die Sache jetzt zu Ende bringen könnte. Die Idee als solche war ja gut, also Ring in Watte betten, Watte mit Ring in Nussschale legen, andere Hälfte als Deckel drauf, und dann alles vorsichtig wieder zusammenkleben. Julia würde das Päckchen mit dem Schal auspacken, die als Dekoration angebrachte Nuss erst einmal zur Seite legen und irgendwann im Laufe des Abends zum Nussknacker greifen. Genau das war aber der Knackpunkt! Würde das Wattebett ausreichen, um den Ring vor möglichen Beschädigungen zu schützen, von dem kleinen Brilli obendrauf gar nicht zu reden?

Mir wird schon etwas einfallen, wenn es erst einmal so weit ist, überlegte Rainer und goss sich die dritte Tasse Kaffee ein. Oder ich weihe einfach Otto ein, der hat manchmal auch ganz gute Ideen.

Sechs Stunden später: Lotte rotiert in der Küche, weiß nicht mehr, wie viel Essig ins Wasser muss, mit dem sie die Fische übergießen will, hat schon lang keine »Forelle blau« mehr gemacht.

Oma Pribulske, bereits im festlichen Grünseidenen, aber noch mit Schürze davor, schält Kartoffeln. »Was gibt's denn dazu?«, will sie wissen.

»Zerlassene Butter natürlich und Zitronenviertel.

Und grünen Salat. Den muß ich auch noch machen. Kannst du schon mal die Petersilie waschen?«

Otto steht oben auf der Leiter, Julia steht unten und hält einen Teil der Lichterkette hoch.

»Ich weiß nicht«, schimpft Otto, »im vergangenen Jahr hat sie dreimal um den Baum gepasst, und diesmal reicht sie kaum für die Hälfte. Das geht doch nicht mit rechten Dingen zu.«

»Doch,« sagt Julia, »im vorigen Jahr war die Tanne halb so groß, weil sie auf dem kleinen Tisch stehen sollte. Diesmal steht sie auf dem Boden und ist doppelt so hoch.«

Das allerdings ist ein unwiderlegbares Argument. »Haben die Geschäfte noch auf?«

Julia blickt auf ihre Uhr. »Seit 43 Minuten nicht mehr!«

»Scheiße!«, sagt Otto und meint es auch so.

Als eine Viertelstunde später Rainer eintrifft und der Dame des Hauses seine mit Spargelkraut garnierten Rosen überreichen will, hat die gar keine Zeit, weil die Forellen noch immer nicht richtig blau sind. »Danke, mein Junge, ich bewundere sie nachher, aber jetzt mach, dass du hier rauskommst!«

Was Rainer auch sofort tut.

»Junge, du kommst gerade richtig«, dröhnt Otto oben von der Leiter, »du hast doch vier Semester lang was mit Mathematik studiert. Wie verteile ich eine viel zu kurze Lichterkette auf einem viel zu großen Baum?«

»Gar nicht! Du beleuchtest lediglich die untere Hälfte, und für die obere müssen wir uns noch was einfallen lassen. – Ist Julia nicht da?«

»Eben war sie's noch, aber als sie dich gehört hat, ist sie verschwunden. Is irgendwas?«

»Ich glaube, sie ist sauer!«

Und dann erzählt er von seinem Kampf mit den Nüssen, zeigt das Pflaster auf seinem Handballen und beendet seinen Bericht mit einem kläglichen: »Hast du schon mal auf beinahe nüchternen Magen vier bis fünf Glas Whisky getrunken?«

Das habe er nicht, sagt Otto, weil ihm Whisky nicht schmeckt, aber dafür könne er mit Rum gegenhalten. »Achtzehn Jahre alter Havanna Club, direkt vor Ort in Kuba gekauft! Hatten mir meine Kegelbrüder vor ein paar Jahren zum Fünfzigsten geschenkt! Die Flasche ist gar nicht erst bis in diese Wohnung gekommen. Ich selber schon, nur weiß ich bis heute nicht, *wie*!«

Rainer lächelt verstehend. »Und wie hat dich deine Frau am nächsten Morgen begrüßt?«

»Mit kaltem Waschlappen und Aspirin!«

»Siehste! Und bei mir lässt sich Julia erst gar nicht sehen, dabei bin ich längst wieder stocknüchtern.«

»Ihr seid ja auch noch nicht verheiratet«, sagt Otto salomonisch und steigt von der Leiter. »Nun lass dir mal einfallen, wie wir aus diesem 19 Euro teuren Nadelgehölz einen Weihnachtsbaum machen.«

Eine Stunde später ist er fertig. Ein bisschen gewöhnungsbedürftig sieht er ja aus mit seinem silbernen Oberteil, der Lichterkette um die Taille und dem bunt bekugelten Rest, aber muss man denn immer am Althergebrachten kleben?

Als Lotte die beiden Männer daran erinnern will, dass in einer Viertelstunde gegessen wird und Otto doch bitte Latzhose und Jeanshemd gegen ein dem heutigen Abend angemessenes Äußeres wechseln möge, verschlägt es ihr beinahe die Sprache. »Wie habt ihr denn *das* fertig gekriegt?«

»Wir haben aus der Not keine Tugend gemacht, sondern ein Objekt«, verteidigt Otto ihr gemeinsames Werk. »Die Lichterkette war zu kurz, der Baum zu groß, die Kugeln haben auch nicht gereicht, bloß Lametta war noch genügend da.«

»Das sieht man!«, sagt Lotte trocken. »Mutti, komm mal her, das musst du dir angucken!«

Mutti kommt und guckt. »Den solltet ihr patentieren lassen! Für die nächste documenta!«

Otto grinst und verschwindet zwecks Garderobenwechsel ins Schlafzimmer, und Lotte muss zurück in die Küche.

Endlich kommt auch Julia. Entzückend sieht sie aus, findet Rainer, das Kleid scheint neu zu sein, hat er noch nie an ihr gesehen, und Blau steht ihr sowieso am besten …

»Hi!«, sagt sie, bevor ihr Blick auf den Baum fällt. »Ömchen, der sieht ja genau aus wie du!«

Ömchen schluckt. »Das musst du mir erklären.«

»Ist doch ganz einfach: Oben nur die dichten silbernen Haare, dann das einfache, schmucklose Grün, trägst

du ja am liebsten, die Taille betonst du allerdings nicht so auffallend, obwohl du dir das bei deiner Figur leisten könntest, aber dieser Abschluss mit den bunten Kugeln entspricht haargenau deiner Vorliebe für farbige Röcke …«

»Julia, du spinnst!«, sagt Ömchen und verlässt das Zimmer, nicht ohne leise die Tür hinter sich zu schließen. Da drinnen wäre sie jetzt völlig überflüssig.

Mit dem Essen klappt es nun doch nicht auf die Minute, Ömchen hat den Salat vergessen, schnippelt Schnittlauchröllchen und hackt Petersilie. Lotte schiebt Fische und Kartoffeln zum Warmhalten in den Backofen. Dann sucht sie nach dem Essig. Sie sucht so lange, bis ihr einfällt, dass sie den für die Forellen verbraucht hatte.

Julia muss mit einer leeren Tasse rauf zu Aumüllers. Die wohnen ein Stockwerk höher und singen gerade »Sti-hille Nacht …« Sie wartet, bis die erste Strophe fertig ist, dann läutet sie. Hat offenbar niemand gehört, denn nun beginnt die zweite. Dann ist auch die zu Ende. Herr Aumüller öffnet. Sein Gesicht ist gerötet, in der Hand hält er ein halb volles Sektglas. »Nanu, Julia? Is was?«

»Frohe Weihnachten, Herr Aumüller. Entschuldigen Sie die Störung, aber Mama lässt fragen, ob Sie eine halbe Tasse Essig haben.«

»Nä«, sagt Herr Aumüller und tätschelt ihr jovial die Wange, »bei uns jibt et dat nur in Flaschen.« Er lacht dröhnend, worauf Frau Aumüller erscheint, und – mit dem Problem vertraut gemacht – samt Tasse in der Küche verschwindet.

»Willste nich reinkommen? Dä Jupp is auch da.«

Julia will nicht, schon gar nicht wegen Jupp. Sie sind zwar zusammen aufgewachsen, aber das ist auch alles. Jetzt ist er Zeitsoldat beim Bund und läuft sogar an seinen freien Wochenenden in Uniform herum.

Inzwischen hat sich Otto die Nuss vorgenommen. »Wir dürfen die Schale nur an zwei oder drei kleinen Stellen zukleben, so dass die beiden Hälften auseinander fallen, wenn man sie nur ein bisschen drückt. Dann braucht Julia nämlich gar keinen Nussknacker. Gib mal den Ring her, und wenn ich mich nicht irre, liegt irgendwo auf meinen Schreibtisch eine Tube mit Sekundenkleber.«

Rainer sucht und wird fündig. Otto betrachtet den Ring und vor allem den Stein obendrauf. »Donnerwetter, der war nicht ganz billig! Oder ist das Silber?«

»Natürlich nicht, das ist Weißgold. Julia steht doch nicht auf goldenes Gold, und ich eigentlich auch nicht.« Vorsichtig zieht einen zweiten, größeren Ring aus der Brusttasche und legt ihn neben den anderen.

»Jetzt wird es also wirklich ernst?«, will Otto wissen. »Habt ihr denn schon einen Termin?«

»Wenn Julia einverstanden ist, dann irgendwann im Mai, das ist doch der schönste Monat zum Heiraten, und in Venedig ist es um diese Zeit noch nicht ganz so voll wie im Sommer.«

»Also Hochzeitsreise in die Stadt der Gondeln? Und

von dir behauptet meine Tochter, du habest keinen Sinn für Romantik!« Lachend klebt Otto die beiden Hälften zusammen und gibt sie Rainer. »Wie hast du dir das jetzt weiter gedacht? Du kannst ihr die Nuss doch nicht einfach in die Hand drücken!«

»Himmel noch eins, das hätte ich ja beinahe vergessen!« Rainer rennt aus dem Zimmer und direkt zur Gästetoilette. Die ist besetzt.

»Geh schnell ins Bad«, empfiehlt Julia mit je einer Suppentasse in den Händen, »das Essen steht schon auf dem Tisch!«

Rainer will aber nicht ins Bad, sondern in das kleine Kabuff und dort die Schachtel holen, die er vorhin hinter der Ersatzklorolle versteckt hatte. Endlich geht die Tür auf, und Lotte kommt raus. »Warum bist du denn nicht ins Bad gegangen?«

Rainer schweigt, fummelt mit einer Hand die in Seidenpapier gehüllte und mit einer großen Schleife verzierte Schachtel hervor, betätigt mit der anderen die Toilettenspülung und schleicht sich in Ottos Arbeitszimmer. Mit einem Tropfen Klebstoff befestigt er die Nuss auf der Schleife und schiebt das Päckchen dem mit seinem Krawattenknoten kämpfenden Otto in die Hand. »Würdest du das bitte unter den Baum legen?«

Und dann ist es endlich so weit: Untermalt von den weihnachtlichen Klängen eines Sinfonieorchesters wird zuerst eine klare Ochsenschwanzsuppe gelöffelt, von allen hoch gelobt, worauf Lotte beschließt, gleich nach dem Essen die drei leeren Dosen aus dem Korb zu nehmen und sie statt in den Sammelcontainer ausnahmsweise in die Restmülltonne zu werfen.

Auch die Forellen, nicht mehr ganz so blau wie vor dem Zwangsaufenthalt im Backofen, doch immer noch recht ansehnlich, werden mit Genuss verspeist, unterstützt von einem halbtrockenen Grauburgunder, doch die Krönung des festlichen Mahls bildet die von Ömchen selbst hergestellte Mousse au chocolat, zusammengerührt nach der Methode: Man nehme einen halben Liter Sahne, fünf Tafeln Schokolade, fünf Eigelb …

Der größte Teil davon wird später wieder im Kühlschrank geparkt, wenn auch aus unterschiedlichen Gründen: Otto war satt, Rainer seit jeher kein Liebhaber von Süßem, er hatte schon als Kind lieber kalte Pizza gegessen als Milchreis, Lotte hatte ihre Galle vorgeschoben, die immer dann herhalten muss, wenn sie nicht unhöflich sein will, und Julia behauptete, sie habe jetzt schon Winterspeck angesetzt, obwohl der richtige Winter noch gar nicht angefangen habe.

»Nein? Na, dann sieh mal aus dem Fenster!«, sagt Otto, stellt Gläser auf den Tisch und die Flasche mit Slibowitz. »Es schneit schon seit mindestens einer Stunde. Wer will einen?«

Da niemand will und das Orchester auf der CD inzwischen fertig gegeigt hat, kann nach einstimmigem Beschluss nunmehr zum gemütlichen Teil des Abends übergegangen werden. Lotte verschwindet im Wohnzimmer, wechselt das Sinfonieorchester auf Wunsch von Ömchen gegen einen Kinderchor aus, der ausgesprochen passend den rieselnden Schnee besingt, dreht die mit einem schwarzen Filzstift gekennzeichnete Kerze nach rechts, freut sich, dass nun rund um den Baum-Äquator alles hell erleuchtet ist, und greift nach dem Glöckchen. Ihr Kinderlein kommet …

Die Geschenke werden überreicht. Julia ist selig, Ömchen hat tatsächlich den teuren Pullover gekauft und dazu noch den neuen Krimi von Phillip Margolin, ihrem derzeitigen Lieblingsautor.

Die Eltern haben praktisch gedacht und einen Gutschein vom Autohaus geschenkt; es bleibt Julia überlassen, wofür sie ihn einlösen wird, vermutlich für neue Stoßdämpfer – eigentlich viel zu profan, doch leider dringend nötig.

Otto kriegt auch einen Gutschein, aber vom Baumarkt, da kann er sich wieder für seinen Hobbykeller eindecken.

Julia und Rainer haben zusammengelegt und für Ömchen und die Eltern Karten für das ›Phantom der Oper‹ besorgt, sechste Reihe, allerdings erst für Mitte Januar, vorher gibt es nur Zauberflöte und Ballett.

Lotte beäugt misstrauisch den Kaffeeautomaten. »Wo soll ich den denn hinstellen? Dafür habe ich doch gar keinen Platz mehr!«

»Dann räum endlich dieses Trumm von Küchenmaschine in den Schrank«, sagt Otto, »das brauchst du doch höchstens zweimal im Jahr!«

»Stimmt!«, bestätigt Julia, »einmal, wenn Tante Marga ihren Quittenbaum aberntet und Mama Gelee kochen muss, und dann noch mal im Dezember wegen der Plätzchenbackerei.«

Rainer wird von seinen künftigen Schwiegereltern praktisch beschenkt, also SOS = Socken, Oberhemd und Schlips, von Julia ausgesucht und farblich aufeinander abgestimmt. Sogar die sehr edel aussehenden Verpackungen von Aftershave und Rasierwasser passen dazu, doch das ist Zufall.

Nun liegt nur noch das Päckchen mit der Nuss unterm Baum.

»Für mich?«, erkundigt sich Julia, obwohl sie es natürlich längst weiß. Doch erst, nachdem alle zustimmend genickt haben, greift sie danach, streift Band nebst Schleife ab, öffnet den Deckel und holt den Inhalt heraus. Ein Seidentuch ist es, schillert in allen Blautönen und würde ihr großartig gefallen, wenn sie nicht so enttäuscht wäre. Sollte das wirklich alles sein? Bestimmt war es teuer gewesen, aber darauf kommt es ja gar nicht an, es ist nur so – so nichts sagend, irgendwie unpersönlich. So etwas schenkt man seiner Patentante zum sechzigsten Geburtstag, aber nicht der Frau, die man angeblich liebt und mit der man den Rest seines Lebens verbringen will.

»Gefällt es dir nicht?«, fragt Rainer mit scheinheiliger Miene. »Ich finde, es passt genau zu deinen Augen.«

»Doch, es ist sehr hübsch, vielen Dank«, sagt Julia und wendet sich ab, damit niemand die Tränen sieht, die sie nun doch nicht unterdrücken kann.

Jetzt ergreift Otto die Initiative. »Ich glaube, wir

räumen erst mal ein bisschen auf, hier kann ja kein Mensch mehr treten.« Er sammelt das herumliegende Geschenkpapier auf und die Bänder, nur das mit der Nuss obendrauf reicht er Julia. »Die ist zum Wegwerfen zu schade, iss sie lieber!«

Und dann geschieht das, womit niemand rechnen konnte: »Verdammt noch mal, inzwischen solltet ihr doch begriffen haben, dass ich allergisch gegen Nüsse bin!« Julia reißt das Fenster auf, und ehe Otto eingreifen kann, fliegt die Nuss in hohem Bogen in den Vorgarten.

»Bist du wahnsinnig geworden?!«, schreit Rainer, beugt sich aus dem Fenster, kann in dem Schneegestöber nichts erkennen und sieht Hilfe suchend zu Otto hinüber. »Was jetzt?«

»Suchen«, sagt der, »bevor alles zugeschneit ist.«

»Ihr wollt die Nuss suchen???« Lotte begreift nichts, kann sie ja auch nicht, weil sie nichts weiß. Otto hatte es für besser gehalten, ihr nichts zu verraten. »Sie verplappert sich sonst noch«, hatte er zu Rainer gesagt, »und die Oma erfährt auch nichts. Die würde zwar den Mund halten, aber sie kriegt immer so glitzernde Augen, wenn sie ein Geheimnis für sich behalten muss.«

»Kann ich das Fenster wieder zumachen?«, fragt Julia. »Oder wollt ihr die Schneeflocken zählen? Es wird nämlich kalt hier drin!«

»Dir wird gleich noch viel kälter werden!«, prophezeit ihr Vater. »Du wirst dich nämlich mit einer Taschenlampe bewaffnen und deinen Verlobungsring suchen, der jetzt irgendwo da unten liegt!«

»Wieso Ring? Ich habe doch bloß eine Walnuss rausgeworfen.«

»Eben«, sagt Rainer mit einem schmerzlichen Grinsen, »in dieser Nuss war nämlich der Ring versteckt!«

»Nein!!!!!«

»Doch!«, bestätigt er noch einmal. »Aber das ist wohl keine so gute Idee gewesen.«

Schluchzend sinkt Julia auf dem Teppich zusammen. »Es tu-hut mir so Lei-heid, und ich habe geda-hacht, du …«

Was sie gedacht hatte, interessierte jetzt niemanden, denn inzwischen hatte Otto zwei Taschenlampen geholt und den Garagenschlüssel, weil dort auch noch eine sein müsste, die Gartenhandschuhe würden sie auf jeden Fall brauchen, und noch mehr Licht. »Lotte, hol mal meine Halogenlampe vom Schreibtisch, damit stellst du dich hier ans Fenster und leuchtest runter.«

»Das kann Mutti machen«, sagt Lotte sofort, »ich helfe suchen.«

Wenig später zieht zum großen Erstaunen von Jupp Aumüller, der gerade zwei Müllbeutel in die Gemeinschaftstonne geworfen hat, eine in dicke Mäntel und Mützen verpackte Karawane an ihm vorbei und verteilt sich im Vorgarten. Taschenlampen blinken, Lotte kratzt mit der kleinen Harke, die sie sonst immer für den Friedhof braucht, im Schnee herum, Rainer klopft die Büsche ab, jeden einzelnen Ast überprüfend, Julia sucht zentimeterweise den Weg ab, Otto kramt immer noch in der Garage herum.

»Habt ihr was verloren?« Jupp ist neugierig geworden.

»Nein, wir suchen bloß was!«

»Etwa schon Ostereier?«

Manchmal kann der sogar originell sein, denkt Julia und erklärt ihm, was Sache ist.

»Ich helfe mit!« Er verschwindet und taucht wenig später in Skijacke und Wollmütze wieder auf, unter einen Arm einen Scheinwerfer geklemmt, mit der anderen Hand eine Kabeltrommel abrollend. »War das nicht Goethe, der irgendwann mal nach ›mehr Licht‹ verlangt hatte? Das bleibt eben immer aktuell!«

Wenig später ist der Vorgarten hell erleuchtet, und dann endlich findet Rainer die eine Hälfte der Nuss. »Da kann die andere auch nicht mehr weit sein!«, freut er sich, doch das stellt sich bald als Irrtum heraus. Zwar hat das Schneetreiben aufgehört, und dank Scheinwerfer findet Julia sogar Ömchens Hutnadel, die sie im Sommer verloren hatte, aber der Ring bleibt verschwunden.

»Wir versuchen es morgen noch mal bei Tageslicht«, entscheidet Otto schließlich, »jetzt hat das keinen Zweck mehr.«

Sogar Julia muss das einsehen, obwohl sie lieber weitergesucht hätte. »Meine Güte, was bin ich für ein Idiot gewesen!« Niemand widerspricht, nur Oma ruft von oben runter, dass sie Glühwein gemacht hat, »zum Aufwärmen«. Jupp darf mitkommen in die warme Küche und kriegt außer Glühwein noch eine große Portion Mousse au chocolat.

»Kann nicht endlich jemand das Fenster im Wohnzimmer zumachen!«, schimpft Lotte drinnen zähneklappernd und macht es schließlich selber, weil niemand hingehört hat. Die nassen Schuhe hat sie ausgezogen, stakst auf den ungeliebten dünnen Nylons herum wegen Weihnachten und dem cremefarbenen Jackenkleid, zieht die Gardine zu und will die Falten ordnen, als sie auf etwas Hartes tritt. »Überall liegen Nussschalen herum!«, schimpft sie und bückt sich. Es ist aber gar keine Nussschale, die sie aufhebt, sondern ein Ring. *Der* Ring!

(Eine spätere akribische Rekonstruktion von Julias Nussweitwurf ergab, dass sich die beiden Schalen schon in ihrer Hand voneinander gelöst und den Ring freigegeben haben mussten, der dann unbemerkt auf den Teppichboden gefallen war.)

Und dann gibt es doch noch ein richtig schönes Weihnachtsfest mit Heiratsantrag, Verlobung und Champagner, den Jupp besorgen muss, weil er als Einziger weiß, wo man um diese Zeit welchen kriegen kann. Aumüllers kommen auch runter zum Anstoßen und bringen das erste Geschenk für den gemeinsamen Hausstand mit: einen vollautomatischen Korkenzieher.

Ömchen erzählt von ihrer Verlobung mitten im Krieg, als es nicht mal Sekt gegeben hatte und als ihr Wilhelm dem Juwelier Altgold geben musste, um überhaupt Ringe zu bekommen. »Seine Uhrkette hat er dafür geopfert, dabei war die viel mehr wert gewesen, das war nämlich 585er Gold, und wir haben bloß 333er gekriegt!«

Nur Rainer sieht, wie Julia ganz verstohlen ihren Ring

abzieht und die Innenseite nach dem Stempel absucht. Als sie ihn befriedigt wieder überstreifen will, bemerkt sie Rainers Blick und wendet sich mit schuldbewusstem Lächeln ab. Vertrauen ist gut – Kontrolle ist besser!

Weihnachten mit Luzifer

Er hieß wirklich so, obwohl er gar nichts Teuflisches an sich hatte – von seinem rabenschwarzen Outfit mal abgesehen. Lediglich um den Mund herum zeigte sich eine kleine weiße Stelle. Bei Frau Wiese hieß er allerdings nur Putziputziputzi, was ihn wenig beeindruckte, denn er reagierte grundsätzlich nicht, wenn man ihn rief. Woraus ersichtlich ist, dass es sich bei Luzifer um ein Exemplar der Gattung Felidae handelte, handelsüblich »Katzen« genannt, wobei in diesem Fall die Bezeichnung »Kater« zutreffender ist.

Sein Fressnapf und sein gepolstertes Körbchen standen im Haus von Frau Wiese. Sie war eine jener Nachbarinnen, die man zwar kennt, immer artig grüßt und mit der man sich am Gartenzaun auch mal über die Gefräßigkeit der Nacktschnecken unterhält oder dass es nun mal dringend regnen müsste, aber allzu viel weiß man nicht voneinander. Deshalb war ich auch überrascht, als mir Sven – seinerzeit zwölf Jahre alt – beiläufig erzählte, Frau Wiese käme jetzt ins Krankenhaus »wegen dem Bein, weil das nun endlich gemacht werden soll, aber das will der Schwiegersohn von Frau Wieses Nichte machen, der ist nämlich oberster Arzt in so 'nem Krankenhaus in Norddeutschland, und nun muss sie da hin und genau über Weihnachten, weil dann die Betten leer sind.«

»Natürlich ist es nicht schön, ausgerechnet während der Weihnachtstage in so einer Matratzengruft zu liegen, aber wenn sie hinterher wieder richtig laufen kann, wird Frau Wiese das bestimmt gern in Kauf nehmen.« Dann erst stutzte ich. »Woher weißt du das überhaupt?«

»Na, wegen Luzifer.«

Aus Schillers reichhaltigem Zitatenschatz passt immer eins! Hier wäre jenes angebracht, das er Ichweißnichtmehrwem in den Mund gelegt hatte: *Herr, dunkel war der Rede Sinn* ..., denn in Svens Gequassel fand ich auch keinen.

Der Sohn holte erst einmal tief Luft, bevor er seiner offenbar begriffsstutzigen Mutter die ganze Sache noch einmal verklickerte: »Das ist nämlich so! Die Frau Wiese soll ja *vorher* ins Krankenhaus, damit das mit dem Bein an Weihnachten schon vorbei ist und sie wieder raus kann, aber nicht nach Hause, sondern zu ihrer Nichte, die wohnt da nämlich auch, und da kann sie dann ärztlich kontrolliert werden, weil doch der Schwiegersohn von der Nichte, also der Arzt ...«

Aber das hatten wir ja schon. Es ging auch nicht um die Nichte, sondern um deren Mutter und somit um Frau Wieses Schwester Rosemie. Die hatte nämlich eine Katzenallergie.

Zumindest behauptete sie das, was natürlich Luzifers Mitkommen in die norddeutsche Provinz unmöglich machte. Ich betone das deshalb so ausdrücklich, weil Rosemie schon häufig bei Frau Wiese zu Gast war und mit Luzifer tage- oder sogar wochenlang unter einem Dach gelebt hatte. Aber wir wohnen ja in einem Kurort, dort wird man schon allein deshalb seine Beschwerden los!

»… und da habe ich gesagt, dass wir Luzifer so lange nehmen, bis sie wieder zu Hause ist.« Endlich war Sven zum Kern der Sache vorgestoßen. »Du hast auch überhaupt nichts damit zu tun, also mit Füttern und Katzenklo sauber machen und Gassi gehen …«

»Ein Kater ist kein Hund!«

»Weiß ich doch. Ich meine ja auch, dass ich ihn immer rauslasse und wieder reinhole – also mich einfach um ihn kümmern werde. Bis dahin haben wir sowieso Ferien.«

»Meinetwegen, doch bevor Luzifer hier einzieht, solltest du noch deinen Vater fragen, vielleicht hat er was gegen Katzenhaare auf seinem Lieblingssessel!«

»Ohne Brille sieht er die sowieso nicht, und die muss ihm doch immer erst jemand holen, wenn er schon sitzt.«

Auch wieder wahr.

Also zog Luzifer bei uns ein, inspizierte zuerst das Haus, entschied sich nach gründlicher Besichtigung für das Schlafzimmer und hier wiederum für – natürlich! – *mein* Bett. Meine in langjähriger Ehe erworbenen Besitzansprüche ignorierte er, und der Versuch, ihm das zu verdeutlichen, indem ich ihn achtkantig vom Kopfkissen warf, trug mir einen nicht zu übersehenden Kratzer auf dem Handrücken ein. Offenbar war er eine derartige Missachtung seiner Wünsche nicht gewöhnt.

»Das Vieh schläft im Flur!«, ordnete ich an, stieß aber auf fünffachen Protest, denn Luzifers Besichtigungstour wurde von unserem gesamten Nachwuchs begleitet, der seinerseits nur zu bereit war, dem armen schwarzen Kater im eigenen Zimmer Asyl zu gewähren.

»Der kann doch in meinem Puppenwagen schlafen«, bot Stefanie an, die außer Puppen schon alles darin spazieren gefahren hatte, was nicht vorher noch schnell getürmt war, einschließlich der Ente aus dem Dorfteich.

»Blödsinn, Luzifer bleibt bei mir!«, entschied Sven. »Schließlich muss ich mich auch um ihn kümmern. Außerdem kann er bei mir immer bequem durchs Fenster raus und rein.«

»Du spinnst doch!«, meldete sich Sascha. »Draußen sind mindestens zehn Grad Kälte!«

»Nachts vielleicht, aber doch nicht am Tag!«, konterte sein Bruder.

»Du willst doch wohl nicht tagsüber dein Fenster offen lassen?« Zuzutrauen wäre es meinem Erstgeborenen, denn er scheint ein paar jener merkwürdigen Gene mitgekriegt zu haben, die seinen Vater immer wieder in nordische Gefilde treiben, während es mich in den sonnigen Süden zieht.

Da die Debatte abgebrochen werden musste, weil die Zwillinge sich klammheimlich abgeseilt und wieder mal unüberhörbar die Küche gestürmt hatten – schon mit zweieinhalb Jahren hatten beide eine mir unbegreifliche Vorliebe für Kochtöpfe entwickelt –, hatte Sven die Situation kurzerhand zu seinen Gunsten beendet und Luzifers Habseligkeiten, nämlich Körbchen, Spielzeug und diverse Tüten mit Katzenbonbons und ähnlichem Kram in sein Zimmer transportiert. Abends kam er nicht mal zu »Michel aus Lönneberga« runter.

Wohl deshalb war dem Hausherrn die Einquartierung zunächst entgangen; er kam nämlich spät nach Hause, als das Jungvolk schon in den Betten lag und die von Rolf sonst gern in Anspruch genommene Informationsquelle nicht mehr sprudelte. Und ich hatte keine Lust gehabt, mich auf eine längere Diskussion mit meinem Ehemann einzulassen, der nicht unbedingt ein Katzenfreund ist und noch heute, nach zig Jahrzehnten, gar Erbauliches von Anton zu erzählen weiß, seinem außergewöhnlich klugen Langhaardackel, der einmal einer getürmten Katze auf den Kirschbaum gefolgt war. »Er hat genau gewusst, dass ich von Katzenhaaren Ausschlag bekomme!«

Für beide Behauptungen ist Rolf den Beweis allerdings schuldig geblieben.

Der nächste Morgen und damit auch der erste Tag der Weihnachtsferien begann bereits im Morgen*grauen*, was um diese Jahreszeit zwar nicht außergewöhnlich ist, denn da fängt's ja erst gegen acht Uhr an zu dämmern –

aber wer steht schon freiwillig früher auf, als er unbedingt muss? Niemand! Außer Sven! Wie sich später herausstellte, war Luzifer von seinen nächtlichen Streifzügen zurückgekehrt und musste nach Ansicht seines Pflegevaters hungrig sein. Also begab sich Sven auf Nahrungssuche für seinen Schutzbefohlenen, und weil er selber morgens am liebsten Cornflakes mit Milch aß (die Müsli-Periode kam erst etwas später), schwebte ihm Ähnliches auch für den Kater vor. Und wo findet man die Zutaten? Richtig! In der Küche!

Nun war wohl sogar Sven der Meinung, dass man sich zu dieser frühen Stunde leiser verhalten sollte als sonst morgens üblich, also schaltete er kein Licht ein, nahm Luzifer auf den Arm und schlich die Treppe hinunter – zumindest hatte er das wohl vorgehabt. Nicht so das Katzenvieh. Mit einem Satz befreite es sich aus Svens Arm, sprang auf das Geländer und von dort in Unkenntnis der örtlichen Gegebenheiten genau in die Bodenvase beziehungsweise in die darin dekorierten Tannenzweige. Ein schriller Schrei, empörtes Maunzen, der erste Befreiungsversuch endete mit einem dumpfen Fall, der zweite mit Geschepper, und danach waren wir wenigstens alle wach!

Minuten später Familientreffen am Fuß der Treppe zwecks Tatortbesichtigung. Die Vase war natürlich hinüber, zwischen den Scherben schwammen Tannenzweige und Teile der zerbrochenen Kugeln, im Teppichboden versickerten gerade zehn Liter Wasser, und in der dunklen Küche klirrte etwas, das sich später als der seit

langem vermisste Deckel einer Glasschale herausstellte. Nun konnte ich ihn wenigstens endgültig abhaken, weil auch er jetzt kaputt war. Oben auf dem Hängeschrank saß Luzifer, leckte sich die blutende Pfote und sah mich vorwurfsvoll an.

»Wie ist *die* denn ins Haus gekommen?«, wunderte sich Rolf. »Hat denn das niemand von euch bemerkt?«

»Aber die hat doch ....«, begann Stefanie und bekam sofort einen Fußtritt von Sascha, der am schnellsten von uns allen reagierte: »Die muss unbemerkt vorbeigeschlichen sein, als ich mir vor der Tür die nassen Schuhe ausgezogen habe. Wahrscheinlich war's dem armen Tier draußen zu kalt.«

»Von wegen armes Tier«, schimpfte Rolf, »sieh dir doch die Schweinerei hier an! Schmeiß die Katze raus und hol aus der Garage den Nassstaubsauger! Zieh dir aber erst was an!«

»Nassen Staub gibt's nicht«, murmelte Sven vor sich hin, »Staub ist immer trocken, andernfalls ist es Dreck!«

Doch diese kluge Einlassung hatte sein Vater nicht mehr gehört. Er stand in der nun hell erleuchteten Küche und starrte auf die Gardinenstange. Luzifer starrte zurück, sprang dann mit einem Satz auf den Kühlschrank, von dort auf den Boden und fegte zwischen Steffis Beinen hindurch zur Tür hinaus und die Treppe hoch. Danach blieb er für den Rest des Vormittags verschwunden.

Der Nassstaubsauger – von Rolf im Frühjahr als

Messeneuheit aus Hannover mitgebracht – hatte sich als nur bedingt einsatzfähig erwiesen, denn was er vorne an Wasser schluckte, kam hinten teilweise wieder raus, weil das Gerät dort ein Löchlein hatte, wo es keins hätte haben dürfen. Es dauerte also ziemlich lange, bis wir endlich frühstücken konnten, und erst nachdem Rolf mit einer Portion Rühreier und Schinken ruhig gestellt worden war, rückte Sven mit der Sprache heraus. »Also, das vorhin mit Luzifer war meine Schuld …«

Der Vater war angenehm gesättigt, der Sohn geständig, sein Bruder bereit, die Trockenlegung des Eingangsbereichs unter Zuhilfenahme eines Föhns zu beschleunigen, und weil in vier Tagen Weihnachten war, zeigte sich der Hausherr versöhnlich und erteilte dem Kater ein vorübergehendes Bleiberecht.

Schon am nächsten Tag fühlte sich Luzifer wie zu Hause. Zwar lehnte er es ab, sich in Stefanies Puppenwagen spazieren fahren zu lassen, weigerte sich auch, ihre Pudelmütze zu tragen, doch den Zwillingen gegenüber zeigte er wesentlich mehr Geduld. Vielleicht lag es daran, dass sie immer irgendwo einen angebissenen Zwieback ablegten oder ähnlich nahrhafte Sachen, jedenfalls ließ sich Luzifer sogar klaglos am Schwanz oder an den Ohren ziehen und – Gipfel seiner Großmut – »Luusssii« rufen. Aber nur von den beiden Kleinen, alle anderen, mich eingeschlossen, strafte er sofort mit Missachtung, obwohl ich es doch meistens war, die ihm sein Futter hinstellte.

»Was kriegt denn Luzifer zu Weihnachten?«, wollte

Sascha wissen, für den der Erfolg derartiger Feste mehr von Menge und Größe seiner Geschenke abhing als von sonst etwas. »Irgendwas muss der auch bekommen.«

»Darüber habe ich mir wirklich noch nicht den Kopf zerbrochen.«

»Musste aber!«, entschied mein Sohn.

»Wie wär's denn mit einem Pingpongball?«

»Davon hat er schon zwei kaputtgemacht, die halten nicht lange. Außerdem spielt er lieber mit Wolle.«

Das allerdings stimmte. Keine Ahnung, wie er rangekommen war, aber ich habe Luzifers Weg anhand des rosa Stopftwistknäuels bis an die Kellertür verfolgen können, erst dann war der Faden alle gewesen. Socken mochte er auch, in die kaute er Löcher, sofern nicht schon welche drin gewesen waren. Die hatten hinterher doppelte Größe und erwiesen sich endlich als irreparabel. Darüber war ich aber gar nicht böse, denn damals stopfte man kaputte Strümpfe noch! Das gehörte sich so. Im Gegensatz zu heute. Junge Frauen, meine Töchter eingeschlossen, wissen ja nicht mal mehr, wie man das macht. Eigentlich beneidenswert!

Rolf war es, der ein Geschenk für Luzifer mitbrachte, nämlich eine Spielzeugmaus zum Aufziehen; wenn man sie losließ, quiekte sie sogar. »Die kriegt er aber erst zu Weihnachten!«

Katers Lieblingsplatz war übrigens oben auf dem Fernseher, nach Rolfs Ansicht ein Beweis für Luzifers Intelligenz. »Dort kann niemand auf ihn drauftreten, er hat's immer schön warm, und außerdem ist das der einzige Platz im Zimmer, von dem aus man den Bildschirm nicht sehen kann.«

Und dann ist er endlich da, der Heilige Morgen, an dem die Kinder viel zu früh wach sind, permanent im Weg herumstehen, freiwillig ihre Hilfe anbieten, worauf das, was sie tun sollen, dreimal so lange dauert wie sonst. Und sogar Luzifer scheint etwas zu ahnen, denn anstatt sich in sein Körbchen zurückzuziehen und wenigstens den Vormittag zu verschlafen, fegt er ständig vor unseren Füßen herum. Prompt tritt ihm Rolf irgendwann auf die Pfoten. Ein jämmerliches Miauen ist zu hören, dann die Stimme seines Herrn: »Ich hab dir schon ein paar Mal gesagt, dass du nicht immer barfuß rumlaufen sollst!«

Das Schmücken des Christbaums stellt in der Regel den letzten Akt der vorweihnachtlichen Aktivitäten dar, und bis auf die Zwillinge, die noch ihren Mittagsschlaf brauchen, machen alle mit. Natürlich erst nach Beendigung der alljährlichen Debatte, ob in diesem Jahr Rot und Gold dominieren sollen oder noch mal Blau und mattes Silber, die Tanne hat im vergangenen Jahr doch ausgesprochen edel ausgesehen, andererseits wäre ganz bunt auch mal wieder schön ... Dem Kater ist's egal, der spielt mit jeder Kugel, an die er heranreicht, und nachdem die dritte zerbrochen ist, wird Luzifer vor die Tür gesetzt. Schon da habe ich das Gefühl: Diesen Rausschmiss nimmt er dir persönlich übel.

Der Baum – diesmal in Blau und Gold, was mich sehr

an die Insignien von Lieschen Windsor erinnert – ist fertig, die Kinder haben nur zu gern das Feld geräumt und sich in ihre Zimmer verteilt, denn das Aufbauen der Geschenke ist schon immer Papis Privileg gewesen, während Mami – ab in die Küche! – sich um das Essen kümmern darf. Luzifer bekommt frische Leber, wir anderen Königinpasteten (ob jemals eine so etwas gegessen hat?), weil die nicht so furchtbar satt machen und im Magen Platz bleibt für kalorienreichen Nachtisch vom Bunten Teller.

Papi verschwindet im Wohnzimmer, wir müssen warten, bis Musik erklingt. Selber singen fällt wegen mangelnder Talente schon seit jeher aus. Endlich Einmarsch, Umarmungen, Küsschen, das obligatorische Glas Sekt (für Sven zum ersten Mal pur, für Sascha mit Soda verdünnt, Steffi bekommt gelben Sprudel mit Wasser und findet, dass Sekt ganz prima schmeckt), und dann beginnt der Sturm auf die Geschenke.

Luzifer hat sich wieder auf seinen Lieblingsplatz verzogen und sieht mich vorwurfsvoll an, weil der Fernseher nicht eingeschaltet ist und er infolgedessen keinen warmen Bauch kriegt. Rolf zieht die Spielzeugmaus auf. Luzifer zeigt sich uninteressiert, aber die Zwillinge stürzen sich drauf. »Is meins!«, verkündet Nicki und umklammert ihre Beute. Katja plärrt. »Auch eins!«

»Die Maus gehört Luzifer!«, erklärt Sven. »Für euch sind die Dreiräder!«

»Nich Luusssiii! Meins!«

Es hat keinen Zweck, die Maus wird aus dem Verkehr

gezogen, die Zwillinge beruhigen sich, Nicki spuckt den Schokoladenkringel auf den Teppich, Sascha tritt drauf – na prima, macht sich gut auf Hellblau.

Sven hat endlich seinen neuen Kassettenrecorder bis zur letzten Schraube inspiziert, die Bedienungsanleitung offenbar auswendig gelernt, die drei Kassetten als »echt klasse!« eingestuft, und nun schaltet er das Ding ein. Irgendein Rädchen scheint er jedoch am Ende nicht in den Ausgangszustand zurückversetzt zu haben, jedenfalls dröhnen plötzlich die Beatles in voller Lautstärke durchs Zimmer, die Zwillinge heulen los, Steffi hält sich die Ohren zu, Rolf schreit, Sascha schreit, ich schreie … und da fegt ein schwarzer Schatten durch das Zimmer, springt in den Weihnachtsbaum, klettert wie der Blitz innen am Stamm entlang nach oben – doch erst, nachdem sich Luzifer mit einem gewaltigen Satz auf der Gardinenstange in Sicherheit gebracht hat, kippt der Baum nach vorne. Rolf kann gerade noch Katja zur Seite ziehen, bevor sie unter der ganzen blau-goldenen Pracht begraben wird.

Das allerdings ist dem Kassettenrecorder passiert. Irgendwie hat er es aber überstanden, jedenfalls hörten wir immer noch – jetzt allerdings gedämpfter: We all live in a yellow submarine …

Krönung dieses Weihnachtsfestes ohne Weihnachtsbaum war zweifellos der Anruf von Frau Wiese, die ihrem Putziputziputzi doch ein frohes Fest wünschen wollte, und ob wir nicht mal den Hörer an sein Ohr halten könnten. Konnten wir nicht, Putzi war getürmt, aber das konnten wir Frau Wiese natürlich nicht sagen. Sven gab eine Art Maunzen von sich und überzeugte sie tatsächlich, dass Luzifer vor dem Hörer Angst habe, und wie es ihr denn so gehe? Na, bestens, spätestens Silvester sei sie wieder zu Hause und freue sich ja schon so auf das Wiedersehen mit ihrem kleinen Liebling.

Silvester. Jetzt blieb nur zu hoffen, dass Rolf dem kleinen Liebling bis dahin nicht den Hals umdrehen würde …

Von Truthahn und anderen Festmahlzeiten

Zu den unumstößlichen Ritualen der deutschen Weihnacht gehört das Festessen am ersten Feiertag – meist im Kreise der sich zu diesem Anlass vergrößernden Familie. In jungen Ehen werden Eltern und Schwiegereltern geladen und, sofern vorhanden, auch die Geschwister – doch sobald das junge Paar selber Nachwuchs hat, läuft die Geschichte andersherum ab: Nun laden nämlich die Eltern ihre Kinder nebst Enkelkindern ein. Wäre ja auch eine ganz vernünftige Regelung, würde es nicht in jeder Ehe einmal Eltern und einmal Schwiegereltern geben – je nachdem, von welcher Seite aus man die ganze Sache betrachtet.

ER: »Dein Vater ist ja wirklich in Ordnung, aber wenn deine Mutter wieder diesen vor Fett triefenden Grünkohl zur Gans auf den Tisch stellt, trete ich in Hungerstreik!«

SIE: »Bei *meinen* Eltern gibt's wenigstens was zu essen! Oder willst du behaupten, diese staubtrockene Pute vom vergangenen Jahr sei genießbar gewesen? Du hast ja selber zugegeben, dass *deine* Mutter nicht kochen kann!«

SOHN (9 Jahre alt): »Warum müssen wir überhaupt wo hinfahren? Ich will lieber meine neuen Inliner ausprobieren.«

TOCHTER (13 Jahre alt): »Ich komme sowieso nicht mit, bin ab heute auf Diät!«

ELTERN (unisono): »Natürlich müssen wir zu den Großeltern, und natürlich kommt ihr mit! Das gehört sich so!«

Wen wundert's, dass laut Statistik die meisten Scheidungen wenige Tage nach Beginn eines neuen Jahres eingereicht werden.

In Deutschland isst man zu Weihnachten gebratene Gans – mit Äpfeln gefüllt oder mit Maronen, in manchen Gegenden stopft man vielleicht auch noch etwas anderes hinein, es gibt viele Möglichkeiten, und Platz ist in solch einem Vieh ja auch genug. Was so eine richtige Weihnachtsgans ist, die muss schon ihre fünf bis sechs Kilo haben. Leer! Oder sollte ich besser sagen: *Musste?!*

Die Zeit der Gänse ist nämlich weitgehend vorbei. Nicht nur der *fetten* Gänse, sondern der Gänse überhaupt. Natürlich findet man ab November auch weiterhin etwas unterernährt wirkende Torsi in den Supermarkt-Kühltruhen und daneben den Hinweis: Mager!, aber die werden überwiegend für den Martinstag gebraucht. Mit den Segnungen der amerikanischen Küche kamen nämlich nicht nur Cheeseburger, Chicken-Sandwiches und Doughnuts über den großen Teich, sondern auch der Turkey, also der Truthahn. Vor nicht allzu langer Zeit sah man diese Tiere fast nur im Zoo und in

Hollywoodfilmen, etwas später als Kuriosität auf vereinzelten deutschen Bauernhöfen, aber nun können wir dank unserer flexiblen Geflügelzüchter auch hierzulande ab Oktober die tiefgekühlten Turkeys kaufen, obwohl wir doch gar keinen Thanksgiving-Day feiern – jedenfalls keinen mit Truthahn auf dem Abendbrottisch!

Ich weiß nicht mehr, wann ich den ersten dieser seltsamen Vögel auf den Tisch bekam, angeblich das Nonplusultra kalorienarmer Festtagsbraten – jedenfalls wusste ich überhaupt nichts damit anzufangen. In meinen Kochbüchern tauchte er noch nicht auf, Rückfragen im Freundeskreis blieben unbefriedigend, dort war man immer noch auf Gans fixiert, und Sascha, dem ich das tiefgefrorene Vieh zu verdanken hatte, musste kurzfristig für einen erkrankten Kollegen einspringen. Er hatte sich nämlich erboten, den Truthahn in einen genießbaren Zustand zu versetzen, nicht umsonst habe er den Köchen oft genug über die Schultern geguckt, und überhaupt sei Gans viel komplizierter. (Anmerkung für Einsteiger ohne nähere Kenntnisse vom Sanders'schen Familienclan: Sohn Sascha ist ausgebildeter Restaurantfachmann – früher nannte man das Kellner – arbeitete in Häusern der oberen Kategorie, etwas später im maritimen Bereich, bis er sesshaft wurde und umsattelte. Aber kochen kann er immer noch prima!)

Nun saß beziehungsweise stand ich am ersten Feiertag morgens um neun vor diesem Vogel und hatte keine Ahnung, was ich damit machen sollte. Vielleicht erst mal Elke in Atlanta anrufen? Sie hätte sicher Verständnis für mein Anliegen, aber bestimmt nicht nachts um drei Uhr. Blöde Zeitverschiebung! Warum konnte sie nicht in Thailand wohnen? Da wäre nämlich jetzt schon Essenszeit. Andererseits gehören in diesem Teil der Erde Truthähne wohl nicht eben zum traditionellen Festtagsmenü.

Und dann kam Stefanie in die Küche, betrachtete unser potenzielles Mittagessen, stupste mit dem Zeigefinger ein bisschen darauf herum und meinte schließlich: »Der Vogel ist ja noch halb gefroren!«

Das war mir noch gar nicht aufgefallen, doch es war die Rettung! »Na gut, dann gibt es den Turkey eben morgen, und heute müssen wir improvisieren!« Im Laufe der nächsten zwölf Stunden würde ich doch wohl von irgendwoher kompetente Auskunft bekommen, wie ich mit diesem Tier umzugehen hätte.

Was ich an jenem ersten Feiertag auf den Tisch gebracht hatte, weiß ich nicht mehr, doch wider Erwarten hatte es von keiner Seite Protest gegeben. Richtigen Hunger hatte sowieso niemand gehabt, es standen zu viele Teller mit sättigenden Kalorienbomben herum (mir werden immer die Marzipankartoffeln zum Verhängnis!), doch am nächsten Tag hatte ich für das Problem Truthahn noch immer keine Lösung gefunden. Rückfragen in der Nachbarschaft blieben genauso erfolglos wie Telefonate quer durch den entfernteren Freundeskreis – den näheren hatte ich ja schon vorher abgeklappert. Sascha war auch nicht erreichbar, und dann kam schließlich der Moment, wo mir alles egal war. Warum soll man in einen Turkey nicht auch Äpfel stopfen können? Ist doch genau wie die Gans ein Vogel! Außerdem glaubte ich mich zu erinnern, dass mir mein Sohn vor ein paar Tagen aufgetragen hatte, Speckscheiben zu besorgen »zum Drauflegen«.

Die hatte ich natürlich vergessen, und in der Nachbarschaft, die sonst immer bereitwillig einspringt, wenn ich dringend eine Zwiebel brauche oder Puddingpulver, konnte niemand aushelfen; fast immer hieß es, man würde die restliche Gans von gestern essen, und die sei sowieso schon fett genug. Aber von dem Gänseschmalz könne ich gern was haben!

Man erspare mir eine genauere Schilderung des Desasters! Entweder hatte dieser Truthahn seine normale Lebenszeit um ein Erhebliches überschritten gehabt und war kurz vor seinem natürlichen Ableben doch noch geschlachtet worden, oder ich hatte wirklich alles verkehrt gemacht, was man nur verkehrt machen kann. Das Vieh wurde einfach nicht gar, und als es nach ungefähr fünf oder sechs Stunden im Backofen endlich einen kaufähigen Zustand erreicht hatte, war der Truthahn so staubtrocken geworden, dass er nach einstimmigem Beschluss als ungenießbar entsorgt wurde; dabei hatte ich ihn doch vorher mit Gänseschmalz bepinselt!

Dieses fortan als »Turkey-Christmas« apostrophierte Weihnachtsfest liegt lange zurück, aber noch immer habe ich ein gespaltenes Verhältnis zu Truthühnern. Vermutlich deshalb hatte ich mich sofort auf jenes Rezept gestürzt, das ich im vergangenen Jahr als E-Mail auf meinem Bildschirm entdeckte. Von wem es stammt, weiß ich nicht, aber es ist einfach umwerfend, und hätte ich es seinerzeit schon gekannt, dann wäre mein Truthahn vermutlich auch nicht genießbarer gewesen, aber die kulinarische Katastrophe hätte mir wenigstens nichts mehr ausgemacht. Deshalb also ein Dank dem unbekannten Schöpfer dieses Rezepts und nachfolgend sein

Truthahn mit Whisky

Man besorge einen Truthahn von ungefähr fünf Kilo (für sechs Personen) und eine Flasche Whisky. Außerdem braucht man Salz, Pfeffer, Olivenöl und Speckstreifen. Truthahn mit Speckstreifen belegen, verschnüren, salzen, pfeffern und Öl in die Bratenpfanne geben.

Ofen auf 200 Grad einstellen. Dann ein Glas Whisky einschenken und auf gutes Gelingen trinken. Danach den Truthahn in den Ofen schieben. Nun schenke man sich noch zwei schnelle Gläser Whisky ein und trinke wieder auf gutes Gelingen. Nach zwanzig Minuten Thermostat auf 250 Grad stellen, damit es ordentlich brummt. Danach gönne man sich zwei oder drei weitere Whisky.

Nach halm Schdunde öffnen, wenden und den Braten überwachn. Fisskieflasche ergreifn unn sich eins hinner die Binde kippen.

Nach weitern halm Schuunde langsam zzum Ofen hinschlendern un die Trute rumwenden. Drauf achtn, sisch nich die Hand vabrenn an die scheißheiße Ohfntür.

Sich wieder ffier oder siehm Wixie innen Glas und dann unsoweiter machen.

Die Drute weehrent drei Schunn't oder so weiderbraatn und all ssehn Minutn aufs Klo gehn zum Pinkeln. Wenn üürntwi möchlisch, ssum Trathaun hinkrieschn unn den Viech aus'm Ofen sssziehn.

Noch mal'n Schlugg geneehmign unn anschliesnt wieda vasuchn, das Biest rausssukriegn.

Den vadammtn Vvvogel vom Boden aufssammln und aufe Pladde hinrichtn. Aufpassn, nich ausrutschn aufm scheißffettichn Küchenbodn. Wenn ssichs drossdem nich vameidn lass, vasuchn, Trutsche wieda aufssuschichtn oder so – hahaha, is eh alls gaaanzegaaal.

Sobald man nach dem zweiten Weihnachtsfeiertag allmählich wieder in den Alltag überwechselt, die überall herumstehenden Bunten Teller zusammensucht und aus drei halb leeren einen gefüllten macht; zum Mittagessen irgendwelche Reste auf den Tisch bringt, die auch jetzt noch niemand will; wenn man die Waage noch immer im Kleiderschrank versteckt hält und beschließt, mit Beginn des neuen Jahres auf alles zu verzichten, was dick macht, also künftig das Auto in der Garage zu lassen und mit dem Rad zum Supermarkt zu fahren … dann ist Silvester und damit der letzte Tag zum Prassen nicht mehr fern! Klar, jeder weiß, dass Alkohol nicht gerade wenig Kalorien hat und dass jene Krapfen, die fast überall außer in Berlin »Berliner« heißen, in schwimmendem Fett ausgebacken werden … aber *einmal* wird man doch noch sündigen dürfen, auf die paar Gramm mehr oder weniger kommt es jetzt auch nicht mehr an. Und bis zum Sommer ist es noch lange hin!

Apropros Sommer: Woran erkennen Sie, dass etwas mit Ihrer Figur nicht mehr stimmt? – Wenn Sie am Strand liegen und eine Greenpeace-Gruppe vergeblich versucht, Sie wieder ins Meer zu schieben! (Stammt leider nicht von mir, sondern stand unter dem Datum vom 8. Juni auf einem Kalenderblatt, das irgendein Familienmitglied auf meinem Schreibtisch hinterlegt hatte; manchmal sind sie wirklich taktvoll!)

Zur Silvesterfete wird man entweder eingeladen, oder man gibt selber eine, wobei ich die zuerst erwähnte Variante entschieden vorziehe. Dort erscheint man zu angegebener Stunde mit einer Salatschüssel im Arm (der jeweilige Inhalt wird vorher telefonisch abgesprochen), der männliche Teil trägt zwei Sektflaschen für die Bowle (wird ja immer erst zum Schluss reingekippt, und wenn jeder etwas mitbringt, kommt eine ganze Menge zusammen), und der Gastgeber beziehungsweise dessen Gattin sorgen für Schnittchen und die nach Mitternacht fällige Gulaschsuppe. Die würde ich ja auch noch hinkriegen, und Stullen schmieren kann ich aus dem Eff-Eff, schließlich habe ich jahrelang für fünf Nachkommen die Pausenbrote fertig gemacht … der Grund, weshalb ich Silvesterfeiern in den eigenen vier Wänden hasse, sind die Nachwehen!

Da kommt man morgens – nein, falsch! Man kommt

irgendwann am späten Vormittag des Neujahrstages in die Küche, wo auf jedem freien Fleck leere Gläser stehen, meist auch noch benutzte Teller, denn nicht alle haben in die Spülmaschine gepasst, und überhaupt müsste man die zunächst mal ausräumen und mit der nächsten Geschirrladung füttern, aber vorher braucht man ein Glas Wasser und zwei Aspirin. Und starken Kaffee. Die Maschine ist aber zugebaut mit halb und dreiviertel leeren Salatschüsseln. Warum haben sie die denn nicht gleich wieder mitgenommen? Jetzt kann ich sehen, wo ich mit dem ganzen Zeug bleibe! Den Huhn-Mango-Salat von Ecki hat kaum jemand angerührt, das Rezept muss sie aus einem tibetanischen Kochbuch haben, wem sonst soll diese Pampe schmecken?

Dann wirken endlich die Tabletten, die Kaffeemaschine gurgelt, etwas Warmes braucht der Mensch, besonders am Neujahrsmorgen, die Geschmacksnerven sind noch intakt, also überall die Jalousien hoch und dem Tag ins Auge geblickt. Leider erblickt man zuerst die müde herunterhängenden Papierschlangen an Lampen, Gardinen und mehr noch auf dem Teppich, die zertretenen Chips, Flips, Salz- und sonstigen Stangen, die stehen gebliebenen Gläser und leeren Champagnerflaschen. Prosit Neujahr!

Und während man noch überlegt, ob überhaupt, und falls ja, *wo* man mit dem Aufräumen beginnen soll, klingelt das Telefon und ein in seinem gemütlichen Heim erwachter Gast bedankt sich nochmals wortreich für den reizenden Abend.

Die nächsten zehn Jahre wird woanders Silvester gefeiert!!!

Nie vergessen werde ich jenen Jahreswechsel, als Rolf mit drei lebenden Karpfen angekommen war, die er von einem Züchter gekauft und in einer Zinkwanne voll Wasser nach Hause transportiert hatte – angeblich im Zwanzig-Kilometer-Tempo über Feldwege und Nebenstraßen dritter Ordnung. Trotzdem war zum Schluss mehr Wasser durch den Kofferraum geschwappt, als innerhalb der Wanne verblieben war, die Karpfen schnappten nach Luft und wurden zunächst in der Badewanne deponiert. Steffi, seinerzeit etwa acht Jahre alt, übernahm die Wasserzufuhr. Ausgelöst durch die Tatsache, dass draußen tiefer Winter herrschte und sie jedes Mal nach einer Schneeballschlacht oder Rodelpartie zum Auftauen unter die heiße Dusche gestellt wurde, müssen wohl gewisse Gewohnheiten entstanden sein – jedenfalls kam ich gerade noch früh genug, um die Fische vor dem Verbrühungstod in warmem Wasser zu bewahren.

Das war am Nachmittag des 30. Dezember.

Am 31. Dezember mittags schwammen sie noch immer in der Badewanne, machten zwar einen etwas ermatteten Eindruck, was Sascha prompt auf Nahrungsmangel zurückführte und von mir wissen wollte, ob es in unserem dörflichen Supermarkt auch Fischfutter gäbe.

»Keine Ahnung! Wahrscheinlich nicht, aber die kommen nachher sowieso in den Kochtopf, also weshalb jetzt noch füttern?«

»Also *ich* esse bestimmt nichts davon!«, erklärte Sascha sofort. »Die sind doch schon beinahe Haustiere geworden!«

»Du spinnst!«, behauptete ich, obwohl das Gleiche auch auf mich zutraf, denn dieser große dicke Karpfen – insgeheim nannte ich ihn Oskar – sah mich jedes Mal vorwurfsvoll an, wenn ich mich auf den Wannenrand setzte und die Hand ins Wasser steckte. Und der Kleinste von den dreien – Karlchen – knabberte sogar an meinen Fingern, vermutlich hatte er tatsächlich Hunger. Ob ich es mal mit ein paar Brotkrümeln versuchen sollte?

Sie fraßen nicht nur die Krümel, sondern ein ganzes Brötchen, und hätten auch noch mehr verdrückt, wenn ich nicht fluchtartig das Bad verlassen hätte. Jetzt hatten mich nämlich *drei* vorwurfsvolle Karpfenaugenpaare angesehen.

Zwei Stunden später: Ehemann Rolf betritt das Bad, betrachtet die drei müde vor sich hin paddelnden Fische und erkundigt sich, wann ich sie denn zu enthaupten gedächte.

»Ich??? Wie kommst du darauf? Ich kann doch nicht mal eine Stubenfliege erschlagen! DU hast die Viecher angeschleppt, also sieh auch zu, wie du sie in einen kochfertigen Zustand bringst. Ich glaube, man muss sie erst mit einem Schlag betäuben, und danach kannst du sie köpfen.«

Schon bei dieser Vorstellung bekam ich eine Gänsehaut, und fest entschlossen, mich dem Boykott meines Sohnes anzuschließen, verließ ich die potenzielle Richtstätte. Weshalb muss man an Silvester unbedingt Karpfen essen? Können es nicht auch Ölsardinen sein?

Es kam, wie nicht anders zu erwarten! Oskar, Karlchen und Sofie wurden zusammen mit frischem Wasser wieder in die Zinkwanne verfrachtet, das provisorische Aquarium kam in den Kofferraum – trocken war er sowieso noch nicht –, und dann kehrten die drei Karpfen wieder heim in ihren Zuchtteich. Zumindest den Silvesterabend werden sie mit Sicherheit überlebt haben!

Bei uns gab's Butterbrot mit Würstchen. Ohne Senf, der war alle, und die Läden hatten schon geschlossen.

Unvergesslich bleibt ebenfalls jene Silvesterfeier im Frühstadium unseres Ehelebens, als wir noch keine Kinder, aber den ersten Umzug hinter uns hatten und sich unser Bekanntenkreis überwiegend aus Rolfs jetzt entfernt wohnenden und meist unverheirateten Freunden zusammensetzte. Einer davon war Johnny, Geschäftsführer von irgendwas Einträglichem, jedenfalls fuhr er einen großen amerikanischen Wagen mit versenkbarem Verdeck und viel Chrom außenrum, der heute in keinem Parkhaus einen Stellplatz finden würde, seinerzeit jedoch noch mühelos an jedem Straßenrand parken konnte. Johnny also kündigte seinen Besuch für den Silvesterabend an, bat um Reservierung eines Doppelzimmers im besten Hotel am Ort und stellte eine Expresssendung in Aussicht, die uns der Sorge um ein angemessenes Abendessen entheben würde. So weit, so gut.

Abgesehen davon, dass es in unserem damaligen Domizil überhaupt kein Hotel gab, sondern nur eine Dorfkneipe mit vier Fremdenzimmern, machte mich der Wunsch nach einem Doppelzimmer stutzig! Offenbar würde unser Gast nicht allein kommen. Und dass dieser zweite Gast männlich sein würde, war nicht anzunehmen.

Doch zunächst einmal kam die angekündigte Expresssendung. Sie bestand aus zwei großen Kübeln, gefüllt mit einer grünen, schleimigen Masse, die sich als Seetang herausstellte; seltsamerweise bewegte sich etwas darunter.

»Was ist denn da drin?«, wollte ich von dem Fahrer wissen, nachdem ich den Empfang quittiert und das erwartete Trinkgeld ausgehändigt hatte.

»Hummer!«, sagte er und enteilte.

Hummer! Aha! Und was sollte ich damit?

Natürlich kannte ich diese Tiere, allerdings nur vom ehrfürchtigen Betrachten in dem riesigen Wasserbecken eines Düsseldorfer Delikatessengeschäfts und in zerkleinerter Form als Hummercocktail im Kristallglas. Auch Rolf erwies sich als nicht kompetent im Umgang mit lebenden Krustentieren, er starrte genauso ratlos wie ich auf diese beiden Kübel, aus denen hin und wieder lange Fühler und gelegentlich auch mal eine dieser Furcht einflößenden Scheren ragten.

»Ruf diesen Idioten an und frag ihn, was wir mit seiner edlen Spende machen sollen«, empfahl ich meinem Ehemann, »schließlich ist er *dein* Freund! Meine würden eine Salatplatte mitbringen oder ein paar Flaschen Sekt, aber keine lebenden Exoten!«

Zu Hause war Johnny nicht zu erreichen. Wieso auch? Vermutlich war er auf der Autobahn Richtung Süden oder bei dem zweiten Doppelbett; Handys waren zu jener Zeit noch nicht erfunden, aber Johnny besaß natürlich ein Autotelefon. Über dieses teilte er Rolf mit, dass er die vier Hummer in ein großes Gefäß packen und dasselbe mit leicht verdünntem Weißwein füllen solle. »Nimm den billigsten, den du kriegen kannst!« Ein von einem exzellenten Weinkenner ungewöhnlicher Vorschlag.

»Wir sollen auch in der ersten Zeit aufpassen, dass die Viecher nicht rauskriechen«, gab Rolf Johnnys Anordnungen an mich weiter, »und was zum Essen dazugehört, bringt er mit, hat er gesagt, ich soll mich nur um frisches Baguette kümmern.«

Haha! Der hiesige Dorfbäcker wusste vermutlich nicht mal, was das war! Unser Gourmet würde sich zwangsläufig mit ganz gewöhnlichen Brötchen bescheiden müssen.

Improvisation ist, wenn niemand etwas von den Vorbereitungen merkt! Also improvisierte ich zwei Stunden lang einen festlich gedeckten Tisch mit allem, was dazugehört, einschließlich der silbernen Kerzenleuchter (Hochzeitsgeschenk von Tante Lotti aus eigenem Bestand und vermutlich nur deshalb großmütig weitergegeben, weil sich diese Dinger so mühsam putzen lassen) und der gestärkten Damastservietten (Premiere!!!). Als Rolf mit den Baguettes zurückkam – er war extra deswegen in die Stadt gefahren –, hängte ich die letzten Papierschlangen an die Stehlampe.

»Hat dir Johnny eigentlich gesagt, in welchem Mischungsverhältnis du das Badewasser für die Hummer vorbereiten sollst?«

»So viel Wein wie möglich und so wenig Wasser wie irgend notwendig.« Er schraubte die erste der drei Zweiliterflaschen auf, probierte ein paar Tropfen und schüttelte sich. »Für diese Brühe ist sogar eine Mark fünfundfünfzig zu viel!«

»Hoffentlich sind die Hummer weniger qualitätsbewusst. Wozu soll die ganze Prozedur eigentlich gut sein?«

»Das weiß ich auch nicht.«

Es dauerte lange, bis wir das erste dieser unhandlichen Tiere umquartiert hatten, und dann gefiel es ihm nicht mal in seinem neuen Domizil. Es versank in dem Rebensaft, versuchte zu schwimmen, fuhr wild mit den Scheren hin und her und wollte über den Rand des Topfes klettern.

»Das muss ein Abstinenzler sein!«, vermutete Rolf und schob ihn zurück zu den anderen, die inzwischen auch in dem ihnen unbekannten Gewässer herumpaddelten und sich verhielten wie jemand, der zum ersten Mal Alkohol trinkt. Anfangs: »Dieses Gesöff schmeckt ja ekelhaft!«, und dann: »Na gut, man kann's ja mal versuchen.«

Als Johnny in Begleitung einer sehr attraktiven jungen Frau (also doch!) erschien, ruderten die Hummer bereits selig mit hin- und herwandernden Stielaugen und einander mit den Scheren umarmend im Wein herum, bevor ihnen die Sinne schwanden und sie auf den Boden sanken.

»So, und jetzt hinein mit ihnen in den Topf!«, kommandierte Johnny. »Die kriegen das gar nicht mehr mit!«

Das Wasser auf dem Herd fing gerade an zu brodeln, und das war genau der Moment, in dem sich mir der Magen umdrehte. Natürlich wusste ich, dass man Hummer lebendig in kochendes Wasser wirft, aber doch bitte nicht in meiner Küche und vor allem nicht in meinem Beisein!!!

»Ich hab das in Südamerika gesehen«, erläuterte unser Globetrotter die unüblichen Vorbereitungen zu einem Hummeressen, »da kriegt ein Huhn nämlich einen Schluck Kognak eingeflößt, bevor man ihm ein paar Minuten später den Kopf abschlägt. Es hat keine Angst mehr, entwickelt keine Stresshormone, ist völlig entspannt bis in jeden Muskel – und daher wunderbar zart. Warum soll das nicht auch bei anderen Tieren funktionieren?«

»Heißt das, du hast diese Methode noch nie selber ausprobiert?«, fragte ich entsetzt.

»Nein, natürlich nicht.« Beherzt griff Johnny in den Tontopf – und brüllte los: »Die Viecher sind ja noch immer nicht besoffen!« Er zog seine Hand zurück und starrte entgeistert auf den Hummer, der sich mit seinen

Scheren an drei Fingern festgeklammert hatte. »Typischer Alkoholiker! Kriegt nie genug!«

Da konnte ich einfach nicht mehr! Ich fing schallend an zu lachen, und Helma, Johnnys dekorative Seitendeckung, fiel sofort mit ein. Wir lachten so lange, bis uns die beiden Männer aus der Küche warfen, den weiteren Zutritt untersagten und uns den Spekulationen über den weiteren Fortgang des Abends überließen; die wurden umso fantasievoller, je mehr der Pegel in der Champagnerflasche sank. Als sie endlich leer war und uns beiden der Magen knurrte, waren sich die zwei Meisterköche noch immer nicht darüber im Klaren, ob die unbeweglich am Boden des Topfes übereinander liegenden Hummer nur betrunken oder eventuell doch schon tot waren; angeblich reagierten sie nicht auf zärtliche Berührung, und auf eine intensivere Prüfung wollten sich weder Johnny noch erst recht nicht Rolf einlassen.

Während Helma und ich aus den mitgebrachten Delikatessen und den rustikalen Beständen meines Kühlschranks ein Abendessen zusammenstellten, zogen die beiden Männer im Schutz der Dunkelheit mit Topf und Taschenlampe zum Dorfweiher, um dortselbst die Hummer ihrem natürlichen Element zu übergeben – ob tot oder lebendig, würde sich wohl erst später herausstellen.

Wir haben nie mehr etwas von ihnen gehört! Außerdem hätten wir sie auch gar nicht vorschriftsmäßig essen können, denn Hummergabeln besitze ich bis heute nicht!

PS. Da ich noch in keinem Kochbuch Johnnys Rezept gefunden habe, lebenden Hummern einen vermeintlich stressfreien Tod zu ermöglichen, und mich auch nicht mit der für Krustentiere zuständigen Tierschutzorganisation anlegen möchte, hier meine dringende Bitte: Probieren Sie die angeblich südamerikanische Methode lieber nicht aus, zumal ich auch gar nicht bestätigen kann, dass betrunkene Hummer besser schmecken als die vorher nicht narkotisierten!

Inhalt

Der ganz normale Familienwahnsinn …
auf witzige Weise eingefangen!

EVELYN SANDERS BEI KNAUR –
EIN HERRLICH LEICHTES
LESEVERGNÜGEN!

Hühnerbus und Stoppelhopser

Mit fünfen ist man kinderreich

Werden sie denn nie erwachsen?

Radau im Reihenhaus

Pellkartoffeln und Popcorn

Menschenskinder

Jeans und große Klappe

Muss ich denn schon wieder verreisen?